图书在版编目（CIP）数据

让陪伴很长：给长辈朗读 / 凤凰联动编著. —南京：江苏凤凰文艺出版社，2017.8

ISBN 978-7-5594-0937-9

Ⅰ. ①让… Ⅱ. ①凤… Ⅲ. ①散文集－中国－当代
Ⅳ. ①I267

中国版本图书馆CIP数据核字（2017）第169900号

书　　名	让陪伴很长：给长辈朗读
编　　著	凤凰联动
责任编辑	孙金荣
策划编辑	章晓明　申丹丹
特约编辑	申丹丹
责任校对	郭慧红
封面设计	金牍文化 DD.Culture Communication
版面设计	李　亚
出版发行	江苏凤凰文艺出版社
出版社地址	南京市中央路165号，邮编：210009
出版社网址	http://www.jswenyi.com
印　　刷	三河市金元印装有限公司
开　　本	880毫米×1230毫米　1/32
印　　张	8.5
字　　数	174千字
版　　次	2017年8月第1版　2017年8月第1次印刷
标准书号	ISBN 978-7-5594-0937-9
定　　价	45.00元

目录 CONTENTS

第一辑 时间都去哪儿了

第二辑　铿锵岁月，是你的勋章

第三辑　你是我今生温暖的一首歌

第四辑　从容，最美不过夕阳红

CHAPTER 1

第一辑

时间都去哪儿了

恰同学少年

梁晓声

近来便一再地回忆起我的几名中学同学。在我的中学时代，和我关系亲密的同学是刘树起、王松山、王玉刚、张云河、徐彦、杨志松。我写下的皆是他们的真实姓名。我回忆起他们时，如鲁迅之回忆故乡的菱角、罗汉豆、茭白、香瓜。那都是养育百姓生命的鲜美蔬果。而我的以上几名中学同学，除了徐彦家的日子当年好过一些，另外几人则全是城市底层人家的儿子。用那些生长在泥塘园土中的蔬果形容之，自认为倒也恰当。与鲁迅不同的是，我回忆他们与思乡其实没什么关系，更多的是一种思人的情绪。自然，断不会生出“也不过如此”的平淡，而是恰恰相反，每觉如沐煦风，体味到弥足珍贵究竟有多珍贵。

我和树起在中学时代相处的时光更多些。我家算是离校较远了，大约半小时的路。树起家离校更远，距我家还有 20 分钟左右的路。我俩几乎天天结伴放学回家是不消说的了。走到我家住的那条小街街口，通常总是要约定，第二天我俩在街口见，一块儿去上学。

路上是一向有些话题可说的——学校里的事，班级里的事，各自家里发生的烦恼，初中毕业后的打算，谁在看一部什么小说，等等。有时什么也不说，只是默默往前走，那是要迟到了的情况下。还有时一同背着课文或什么公式往前走，因为快考试了。

树起家在一片矮破的房屋间，比我家还小，简直不成样子。现在中国的城市里绝对见不到那样的人家了，在农村也很少见了，若是有同情心的人见了，肯定要心里难受、潸然泪下的。那样的家，简直是土坯窝，回到那样的家，差不多可形容为一头钻进窝里。但在当年的哈尔滨，那样的人家千千万万。正因为比比皆是，所以小儿女们并不觉得自己可怜，照样爱家、恋爱，在乎家之安全和温暖，仿佛小动物之本能地喜欢家。

树起和他的老父母以及弟弟、妹妹住在那样的家里。当年他的父母亲都已经快 60 岁，在我们几个同学眼中是确确实实的老人了。然而他的父亲还在工作，拉铁架子车。如今在全中国乃至全世界肯定都很难找到那样的车了，可在当年那是哈尔滨市一种主要的运载车。一般情况下不是谁有钱就能买得到的，得凭证明，属于“劳动资产”。他的父亲刚一解放就是拉那种车的车夫了，那种车对于他的父亲犹如黄包车之于祥子。

我和树起一起上学，有时他会给我一个大的蒸土豆，或半块烙饼。若是夏天，可能是一个大西红柿，或者一条黄瓜。挨饿的年代，给人任何可吃的东西都是一份慷慨，一份情义。

他心里总是惦记着我。记得有次他还给了我几块很高级的软糖，这可是我小时候少有的享受，他告诉我他的三姐结婚了，这是她的喜糖。他有四位姐姐，这着实是令我们几个羡慕的。

树起学习很好，数理化及俄语四科成绩在班里一向名列前茅。他耿直、善良、有同情心，眼见不正义的事他很难做到视而不见，若是发现老人或孩子当街跌倒了，他是那种会赶紧跑过去扶起来的少年。

作者简介

梁晓声（1948— ），出生于哈尔滨市，当代著名作家。曾创作出版过大量有影响力的小说、散文，作品多以知青下乡为社会背景。1968 年，梁晓声在北大荒当了 7 年的知青。这段生活经历是他的文学发源地。他的小说《这是一片神奇的土地》《今夜有暴风雪》《年轮》等，在全国引起巨大反响。

朗读指导

梁晓声以知青文学成名，他经常就社会现实问题发声而被贴上“平民代言人”等标签；自 20 世纪 80 年代从事创作起至今，他依然一笔一画地在稿纸上“爬格子”，是一个不愿“出书”，却在当代作家中少有人能比的高产作家，也是一个坚持教书不带研究生、只为大三学生开课的大学教授。

《恰同学少年》是作者的代表作之一，讲述了作者少年时期的生活，以及对中学时期的挚友的怀念，文章讲述了那个年代大多数底层人家孩子的生活现状，着重介绍了好朋友树起。这篇文章给读者展现了一种童真、质朴、简单的同学情谊。作者回忆从前的同学情，真实呈现了当时的峥嵘岁月，让这种情谊显得更加真实、感人。

梁晓声对中学的回忆也能代表一大批长辈的青春，在他们回忆往昔时，我们可以将这篇文章读给他们听，听他们讲述曾经的岁月。

人生有信

刘心武

心武：

感谢你自己画的拜年片！我很好。只是很想见你。你是我的朋友中最年轻的一个，我想和你面谈。可惜我不能去你那里，有空打电话约一个时间如何？你过年好！

如今我捧读这封信，手不禁微微发抖，心不禁丝丝苦涩。事实是，我上世纪九十年代后去看望她的次数大大减少，特别是她住进北京医院的最后几年，我只去看望过她一次，那时坐在轮椅上的她能认出人却说不出话。那期间有一次偶然遇上吴青，她嗔怪我："你为什么不去看望我娘呢？"当时我含糊其辞。在这篇文章后面，我会做出交代。

我去看望冰心，总愿自己一个人去，有人约我同往，我就找藉口推托。有时去了，开始只有我一位客，没多久络绎有客来，我与其他客人略坐片刻，就告辞而退。我愿意跟冰心老人单独对谈。她似乎也很喜欢我这个比她小 42 岁的谈伴。真怀念那些美好的时光，我去了，到离开，始终只有我一个客，吴青和陈恕（冰心的女儿女婿）稍微跟我聊几句后，就管自去忙自己的，于是，阳光斜照进来，只冰心老人，我，还有她的爱猫，沐浴在一派温馨中。

常常跟冰心，谈到我母亲。母亲王永桃出生于 1904 年，比冰心小四岁。一个作家的“粉丝”(这当然是现在才流行的语汇），或者说固定的读者群，追踪阅读者，大体而言，都是其同代人，年龄在比作家小五岁或大五岁之间。

1919 年 5 月 4 日那天，冰心（那时学名谢婉莹）所就读的贝满女子中学，母亲所就读的女子师范大学附属中学，有许多学生涌上街头，投入时代的洪流。母亲说，那天很累，很兴奋，但人在事件中，却并未预见到，后来成为中国近代史上的“五四运动”。

那时母亲由我爷爷抚养，爷爷是新派人物，当然放任子女参与社会活动。但是母亲的同学里，就有因家庭羁绊不得投入社会，而苦闷的。冰心那以后接连发表出“问题小说”，其中一篇《斯人独憔悴》把因家庭羁绊而不得抒发个性投入新潮的青年人的苦闷，鲜明生动地表述出来，一大批同代人读者深受感动。

那时候母亲随我爷爷居住在安定门内净土寺胡同，母亲和同窗好友在我爷爷居所花园里讨论完《斯人独憔悴》，心旌摇曳，当时有同窗探听到冰心家在中剪子巷，离净土寺不远，提议前往拜访。后来终于没有去成。

母亲 1981 年至 1984 年跟我住在北京劲松小区，听说我去海淀拜访冰心，笑道："倘若我们那时候结伙找到剪子巷，那我就比你见到冰心，要早六十几年哩！"我后来读了《斯人独憔悴》，没有一点共鸣，很惊异那样的文笔当时怎么会引出那样的阅读效果。

母亲还跟我谈到那段岁月里读过的其他作家作品，她不止一次说到叶圣陶有篇《低能儿》，显然那是她青春阅读中最深刻的记忆之一。我直到现在也还没有读过叶圣陶的这个短篇小说。一位"80 后"算得"文艺青年"，他当然知道叶圣陶，也是因为曾在语文课本里接触过，但离开了课文，他就只知道"叶圣陶那不是叶兆言他爷爷吗"。在时光流逝中，许多作家作品就这样逐渐被淡忘。

自从冰心知道母亲是她的热心读者以后，每次我去了，都会问起我母亲，并且回忆起她们曾共同经历过的那些时代的一些大大小小的事情。我告别的时候，冰心首先让我给我母亲问好，其次才问我妻子和儿子好。

回到家里，我会在饭后茶余，向母亲诉说跟冰心见面时聊到的种种。

冰心赠予的签名书，母亲常常翻阅。记不得是在哪篇文章里，反正是冰心在美国写出的散文，里面抒发她的乡愁，有一句是怀念北京秋天的万丈沙尘。母亲说这才是至性至情之文。非经过人道不出的。现在人写文章，恐怕会先有个环境保护的大前提，这样的句子出不来的。冰心写这一句时应该是在美国威尔斯利女子大学，或附近的疗养院，那里从来都是湖水如镜绿树成荫。

作者简介

刘心武（1942— ），当代作家、红学家。曾做过中学老师、《人民文学》主编。他的《班主任》被称为是“伤痕文学”的开山之作。《钟鼓楼》获得茅盾文学奖。他曾在中央电视台《百家讲坛》讲解《红楼梦》，为红学的普及和发展做出了突出贡献。

朗读指导

刘心武被称为是“伤痕文学”的代表人物，冰心是“五四时期”新文化运动的代表。两个不同时期的文化领军人物，成了忘年之交。冰心的年龄跟刘心武的母亲的年龄相仿，一个是作者，一个是书迷，两位老人因为书而结缘，以刘心武为桥梁，建立了极为独特的书友情谊。

在这篇文章里，刘心武对母亲和冰心的感情，是仰慕和敬爱的。所以他笔下的妈妈和冰心像是可爱的孩子。冰心的信里说，你要多写信，你是我最年轻的朋友。这种平挚的话语让人读来，感觉像是邻家小伙伴的叮咛。

老人越老越像孩子。时光飞逝，只留下皱纹和蹒跚。长辈需要我们的陪伴，可以将这篇有关友谊的文章朗读给他们听，可以和长辈们一起聊聊他们的青春时光，讲讲他们的好朋友。

每个人都有一个宇宙（节选）

周国平

有句成语叫大智若愚。人类精神的这种逆反形式很值得研究一番。我还可以举出大善若恶，大悲若喜，大信若疑，大严肃若轻浮。在爱默生的书里，我也找到了若干印证。

悲剧是深刻的，领悟悲剧也须有深刻的心灵。“性情浅薄的人遇到不幸，他的感情仅只是演说式的做作。”然而这不是悲剧。人生的险难关头最能检验一个人的灵魂深浅。有的人一生接连遭到不幸，却未尝体验过真正的悲剧情感。相反，表面上一帆风顺的人也可能经历巨大的内心悲剧。一切高贵的情感都羞于表白，一切深刻的体验都拙于言辞。大悲者会以笑谑嘲弄命运，以欢容掩饰哀伤。丑角也许比英雄更知人生的辛酸。爱默生举了一个例子：正当喜剧演员卡里尼使整个那不勒斯城的人都笑断肚肠的时候，有一个病人去找城里的一个医生，治疗他致命的忧郁症。医生劝他到戏院去看卡里尼的演出，他回答：“我就是卡里尼。”

与此相类似，最高的严肃往往貌似玩世不恭。古希腊人就已经明白这个道理。爱默生引用普鲁塔克的话说：“研究哲理而外表不像研究哲理，在嬉笑中做成别人严肃认真地做的事，这是最高的智慧。”正经不是严肃，就像教条不是真理一样。真理用不着板起面孔来增添它的权威。在那些一本正经的人中间，你几乎找不到一个严肃思考过人生的人。不，他们思考的多半不是人生，而是权力，不是真理，而是利益。真正严肃思考过人生的人知道生命和理性的限度，他能自嘲，肯宽容，愿意用一个玩笑替受窘的对手解围，给正经的论敌一个教训。他以诙谐的口吻谈说真理，仿佛故意要减弱他的发现的重要性，以便只让它进入真正知音的耳朵。

尤其是在信仰崩溃的时代，那些佯癫装疯的狂人倒是一些太严肃地对待其信仰的人。鲁迅深知此中之理，说嵇康、阮籍表面上毁坏礼教，实则倒是太相信礼教，因为不满意当权者利用和亵渎礼教，才以反礼教的过激行为发泄内心愤想。其实，在任何信仰体制之下，多数人并非真有信仰，只是做出相信的样子罢了。于是过分认真的人就起而论究是非,阐释信仰之真谛，结果被视为异端。一部基督教史就是没有信仰的人以维护信仰之名把有信仰的人当作邪教徒烧死的历史。殉道者多半死于同志之手而非敌人之手。所以，爱默生说，伟大的有信仰的人永远被目为异教徒，终于被迫以一连串的怀疑论来表现他的信念。怀疑论实在是过于认真看待信仰或知识的结果。苏格拉底为了弄明智慧的实质，遍访雅典城里号称有智慧的人，结果发现他们只是在那里盲目自信，其实并无智慧。他到头来认为自己仍然不知智慧为何物，说出了那句著名的话:“我知道我一无所知。”

哲学史上的怀疑论者大抵都是太认真地要追究人类认识的可靠性，结果反而疑团丛生。

作者简介

周国平（1945— ），当代著名学者、作家、哲学研究者。在对尼采的研究方面颇有建树，著有哲学专著《尼采：在世纪的转折点上》《尼采与形而上学》。散文集《守望的距离》《各自的朝圣路》《安静》《生命的品质》，随感集《人与永恒》在读者中反响较大。

朗读指导

人们常说：男不可不读王小波，女不可不读周国平。作为一位哲学研究者，周国平的文学作品中不乏哲学思维，却很少出现难懂的哲学术语。作者以清晰的文笔、细腻的语言巧妙地将哲学思维与文字表达完美结合在一起，文字平淡如水，却沁人心脾，让人享受文学陶冶的同时获得深刻思考。

本文以理性的角度来揭示每个人的内心，阐述外在的行为与真实的内心之间的关系，解释类似“大智若愚”的精神逆反形式。表演喜剧的人也许患有抑郁症，研究严肃哲学的人也许擅长调笑，阮籍破坏礼教，实则太过相信礼教。

作者对人类的逆反形式进行了剖析，从个人行为到社会群体，从阮籍到爱默生，从异教徒到殉道者……阐述了这种逆反形式层出不穷的合理性，并称其为一种智慧。长辈们经历了我们所经历的每一个阶段，在历史的长河中，他们是站在时间刻度前面的前辈，会给我们很多人生的启发。对于长辈来说，与晚辈一起讨论人生、传承智慧，他们也会感受到自己生命的价值。

这是一篇极有启迪性的文章，很适合给长辈朗读后，跟他们讨论人类的这种处世智慧。

我的父亲

阎连科

在这一河岁月的漂流中，过去许多老旧的事情，无论如何，却总是让我不能忘却。而最使我记忆犹新、不能忘却的，比较起来，还是我的父亲和父亲在他活着时劳作的模样儿。他是农民，劳作是他的本分，唯有日夜的劳作，才使他感到他是活着的，并感到活着的一些生存与意义，是天正地正的一种应该。

很小的时候——那当儿我只有几岁，或许是不到读书的那个年龄吧，便总如尾巴样随在父亲身后。父亲劳作的时候，我喜欢立在他的身边，一边看他举镐弄锹的样子，一边去踩踏留在父亲身后或者他身边的影子。

这是多少、多少年前的事情了——那时候各家都还有自留地，虽然还是社会主义的人民公社，土地公辖，但各家各户都还允许有那么一分几分的土地归你所有，任你耕种，任你做作。与此同时，也还允许你在荒坡河滩上开出一片一片的小块荒地，种瓜点豆，植树栽葱，都是你的权益和自由。我家的自留地在几里外一面山上的后坡，地面向阳，然土质不好，全是褐黄的礓土，俚语说是块料礓地，每一锨、每一镐插进土里，都要遇到无角无棱、不方不圆、无形无状的料礓石。每年犁地，打破犁铧是常有的事。为了改造这土地，父亲连续几年冬闲都领着家人，顶着寒风或冒着飞雪到自留地里刨刨翻翻，用镢头挖上一尺深浅，把那些礓石从土里翻捡出来，大块的和细小瘦长的，由我和二姐抱到田头，以备回家时担回家里，堆到房下，积少成多，到有一日翻盖房子时，垒地基或表砌山墙所用；块小或彻底寻找不出一点物形的，就挑到沟边，倒进沟底，任风吹雨淋对它的无用进行惩处和暴力。

父亲有一米七多的个头，这年月算不得高个儿，可在几十年前，一米七多在乡村是少有的高个儿。那时候，我看着他把镢头举过头顶，镢刺儿对着天空，晴天时，那刺儿就似乎差一点儿钩着了半空中的日头；阴天时，那刺儿就实实在在钩着了半空的游云。因为一面山上，只有我们一家在翻地劳作，四处静得奇妙，我就听见了父亲的镢头钩断云丝那咯咯叭叭的白色声响。追着那种声音，就看见镢头在半空凝寂了片刻之后，一瞬间，又暴着力量往下落去，深深地插在了那坚硬的田地里。而父亲那由直到弯的腰骨，这时会有一种柔韧的响声，像被奔跑的汽车轧飞的砂粒样，从他那该洗的粗白布的衬衣下飞奔出来。父亲就这样一镢一镢地刨着，一个时辰、一个时辰在他的镢下流去和消失，一个冬日又一个冬日地，被他刨碎重又归新组合着。每天清晨，往山坡上去时，父亲瘦高的身影显得挺拔而有力，到了日落西山，那身影就弯曲了许多。我已经清晰无误地觉察出，初上山时，父亲的腰骨，就是我们通常说的笔直的腰杆儿，可一镢一镢地刨着，到了午时，那腰杆儿便像一棵笔直的树上挂了一袋沉重的物件，树干还是立着，却明显有了弯样。待在那山上吃过带去的午饭，那树也就卸了吊着的物件，又重新努力着撑直起来。然而到了日过平南，那棵树也就又彻底弯下，如挂了两袋、三袋更为沉重的物体，仿佛再也不会直了一般。然尽管这样，父亲还是一下一下有力地把镢头举在半空，用力地一下一下让镢头暴落在那块料礓地里，直到日头最终沉将下去时。

作者简介

阎连科（1958— ），著名作家，其作品以反映荒诞的现实主义为主，已经被译成二十多种文字。其作品《日光流年》获得茅盾文学奖提名，长篇小说《受活》轰动文坛，获得第三届老舍文学奖。阎连科曾三次获布克文学奖提名。他的作品情节荒诞，人物滑稽，在黑色幽默的外衣下，字里行间带着不可言喻的绝望，他笔下的主人公也无不充满与这种环境抗争的力量。

朗读指导

阎连科是河南人。河南地处中原，那里的人们千百年来都是以种地为生。土地给予一家人一年的吃喝，是一家人赖以生存的根本。所以，人们对土地的感情也最深切、最渴望。

在阎连科的笔下，父亲与土地的形象像是一幅浓墨重彩的油画。蓝色的天空下，无边的土地上，人像是天地间的一个坐标，象征一个时代。作者的散文与他的小说有截然不同的风格，相比较小说的荒唐，他的散文充满回忆的深情，而这也许是小说的力量来源。

“一镢一镢地刨着，一个时辰、一个时辰在他的镢下流去和消失”。随着一个农耕手作时代的结束，这种田间刨地的父亲形象再也不可寻。但是作者对父亲高大形象的描述，却让每个人想起自己的父亲。这篇小文可以送给所有为家庭奔波的父亲们，朗读的时候，语速慢一点，情感饱满一点，感受作者笔下父亲的伟岸和深沉。

父亲的事业

阎连科

在父亲生前，他以为他需要做完的许多事情中，最为急迫的是儿女们的婚姻。

而理想的婚姻，又似乎是建立在房子的基础之上。似乎谁家有好的房舍，谁家儿女就有可能具备理想婚姻的基础。房子是一个农民家庭富足的标志和象征，甚至，在一方村落里，好的房屋，也是一个家庭社会地位的象征。父亲和所有农民一样，明白这一点，就几乎把他一生的全部精力和财力，都集中在了要为子女们盖下的几间瓦房上。盖几间瓦房，便成了父亲人生的目的，也变成了他生命中的希冀。

现在，我已经记不得我家那最早竖起在村落的三间土房瓦屋是如何盖将起来的，只记得，那三间瓦房的四面都是土墙，然而在临靠路边的一面山墙上，却表砌了从山坡田野一日一日挑回来的黄色的礓石，其余三面墙壁，都泥了一层由麦糠掺和的黄泥。春天来时，那三面墙上长有许多瘦弱的麦芽；记得那半圆的小瓦，在房坡上一行一行，你在任何角度去看，都会发现一个个瓦楞组成的一排排的人字儿，像无数队凝在天空不动的雁阵。记得所有路过我家门前的行人，无论男女老幼，都要立下脚步，端详一阵那三间瓦屋，像懂行的庄稼把式，在几年前路过我父亲翻捡、扩大过的自留地一样，他们的脸上，都一律挂着惊羡的神色和默语的称颂。我还记得，搬进那瓦屋之后，母亲不止一次地面带笑容给我们姐弟们叙说，盖房前父亲和她如何到二百里外的深山老林，去把那一根根杂木椽子从有着野狼出没的山沟扛到路边；记得母亲至今还不断地挂在嘴上，说盖起房子那一年春节，家里没有一粒小麦，没有半把面粉，是借了人家一碗污麦面粉让我们兄弟姐妹四个每人吃了半碗饺子，而父亲和她，则一个饺子都没吃。还说那一年她试着把白面包在红薯面的上边，希望这样擀成饺子叶儿，能让她的子女们都多吃几个白菜饺子，但试了几次，皆因为红薯面过分缺少黏性而没有成功——而没有做成饺子叶儿的、包了一层白面的红薯面块，就是父亲那年过节所吃的大年饭。

这就是房子留给我的最初记忆，之后所记得的，就是我所看到的，就是那新盖的三间瓦房，因为过度简陋而不断漏雨，每年雨季，屋里的各处都要摆满盆盆罐罐。为了翻盖这漏雨的房子，父亲又蓄了几年气力，最后不仅使那瓦房不再漏雨，而且使那四面土墙的四个房角，有了四个青砖立柱，门和窗子的边沿，也都用青砖镶砌了边儿，且邻了路边的一面山墙和三间瓦房的正面前墙，全都用长条儿礓石砌表了一层，而料礓石墙面每一平方米的四围边儿，也都有单立的青砖竖起隔断，这就仿佛把土瓦房穿了一件黄底绿格的洋布衬衫，不仅能使土墙防雨，而且使这瓦房一下美观起来、漂亮起来，它也因此更为引人注目，更为令众多乡人惊惊羡羡。

这就是父亲的事业。

是父亲活着的主要人生目的之一，也是他觉得必须尽力活在人世的一种实在。

朗读指导

父母之爱子，必为之计深远。房子在中国人的传统意识里占据很重要的位置。房子是一个家的基础，家的温暖除了来自家人之间的互相关爱，还有房子提供的安全感。冬天能够抵御寒冷，夏天能够防止雨淋。一个房子是一家人聚集的居所，也是家人远走他乡时魂牵梦绕的根源。

房子承载了一家人的荣耀和希望，就如同文中的父亲，他的事业就是为家人盖一座房子，给家人温暖和安稳，他认为这是身为男人和父亲的责任和义务。

作者描述的这个农村父亲的爱是沉默的，也是沉重的，贫穷给父亲留下的苦难，成为孩子一生的感动。在长辈感叹曾经的岁月时，给他们朗读这篇文章，向他们的青春和岁月致敬。

老人

宋琳

在夏天孤独的山中喝茶，
在养老院走廊的椅子上，
移动棋子或药瓶，
闷热的下午仿佛比一生冗长。

计数时日如今已不太需要，
一种死亡，硬面包一样的死亡
难以下咽。某份通知书还摆在桌上
触手可及的地方。

接骨木已经二度开花了吗？
那朵云是否必定会飘过来，
为他们擦去额头的湿汗？
此处生命像岩石正悄悄风化。

眼睛里盈溢的不是泪水，
而是酸性的回忆，模糊的波动。

偶尔，一支沙哑的小调从院墙外经过，
那些木刻的脸尽都在凝神细听。

作者简介

宋琳（1959— ），诗人，生于厦门，毕业于上海华东师范大学中文系，曾就读于巴黎第七大学远东系，先后在新加坡、阿根廷居留。曾受聘于国内多所大学执教,著有诗集《城市人》《门厅》等。

朗读指导

人生要经历很多不同阶段，每一段路都会有不同的领悟。在岁月匆匆的脚步中，我们都会迎来自己的一根根白发和一道道皱纹。值得庆幸的是，岁月同时给予了我们智慧和回忆。

这首诗描写了养老院的老人当下的生活和对过去的回忆。岁月让青春的脚步飞扬，让黄昏的阳光悠长。诗人通过对场景的描述，衬托出老人们生活的沉寂，以及对新鲜生命的渴望。

宋琳是一个对生命极为尊重的诗人，这首诗让我们思考如何面对渐渐老去的自己和已经失去的青春。朗读这首诗给长辈，对长辈多一些关心和陪伴，他们陪我们长大，我们陪他们变老，帮他们找到老年生活的精彩。愿黄昏的身影，在夕阳下越变越长。

归青田——纪念记忆

陈东东

整个夏天，临睡前去铺开
被汗渍渲染得更老的篾席
再把盔形罩锈蚀了半边的那盏台灯
也移往滑爽的打蜡地板，摆放于
篾席微卷起破损的那一头

他躺下，就着灯，展开一册
《聊斋志异》——望夜里干脆
就着满月
边上，他儿子喜欢看
玉兰树冠和长窗的影子从墙角到天花板

他读一段然后讲解，朔弦明灭
语调各不同。浓郁之晦里
他儿子听见狐妖们踮脚轻点屋瓦
另有魂魄，凄然转过弄堂暗角
脸色纸一样，到水边幽怨

接着是另几个眉月和盈月夜
另几个亏月跟残月切换，枕席之上
他娓娓，演绎更多非人间故事
为了强忍住一个呜咽，为了用他
所有的诉说，不去诉说他母亲的姓名

又一个夏天来临，儿子已到了
他当初噬心压抑悲愤的年纪
凭着栏杆，两个人翻看一册旧书
端详着，终于会显影于遗忘暗房的
颤栗的底片

——当这个女人
在早先的夏天突然发了疯
从自己的姓名里纵身一跃
沉进河塘，像要去捂紧油亮水镜里
漩涡一样无限收摄高音的喇叭

死和火红的黄昏之上，有另一只喇叭
重叠于落日，仍然在倾洒
喷射拉线广播的烈焰，半枯焦了
野田禾稻、运河与沟渠……穿过

这个女人的道路，入夜之后没于无声

唯有萤火虫把冷月领进了死之黑暗
于是，躲避满城持续的喧嚣
他重温母亲早年向他授受的传奇
恍惚两栖于阴阳世界。梦中之恋
天亮后幻化成光阴的废墟

而现在
从那册《聊斋志异》里，他找回
依稀于母亲所有前世的照片一帧
背面一行字，只为他儿子倏现即逝
——姓名：归青田，祖母……情人

作者简介

陈东东（1961—　），诗人，第三代诗人代表。长期生活于上海。20世纪80年代初期开始写诗。主持编印过多种民间诗刊，有诗集《夏之书·解禁书》《导游图》，诗文集《短篇·流水》和随笔集《黑镜子》《只言片语来自写作》等十数种著作出版。

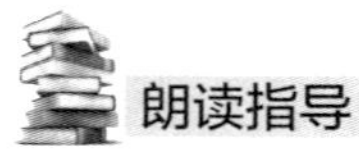

朗读指导

这首诗创作于2008年，通常来说，诗人叙起事来，绝不会让它像事件本身那么简单，在事件的背后，总要隐藏着话外之音。

整首诗以一本《聊斋志异》为主线，讲述了祖母、父亲和儿子三代的传承。祖母曾经为父亲讲聊斋故事，而在“我”的儿时，父亲在灯下为我讲恐怖故事，当“我”长大后，父亲与“我”凭栏共读，重温祖母留给他的回忆。

最后一句是全诗的点睛之笔，“姓名：归青田”，点明祖母本来的身份和地位，给整首诗添上一抹怀旧的颜色。给长辈朗读这首诗，跟他一起聊聊自己家的传承，了解自己来自何方，能去往何处。

结巴

张文质

我是在哪里碰上结巴的人
他捧着自己的心
每一次都说要送给我
就如送的是一只碗
碗里盛着急于解开的密件
该用什么样的手指才能拆开
他说的我总是听不清
他的声音离我很近
他的嘴藏在声音里

他是结巴者
他吞食了自己的心
这样他才能放声哭泣
像一棵树
像一粒拆不开的果
他在想自己水一样的家乡
影一样的床

望不到头的沙子
找不到的名字

作者简介

张文质（1963— ），诗人、教育学者，1983年毕业于华东师范大学中文系，夏雨诗社创社成员。出版诗集《写给身体的戒备书》《引向黑暗之门》，教育作品《奶蜜盐》《张文质教育文集》《唇舌的授权》《生命化教育的责任与梦想》《教育的十字路口》《这一代教师的精神面相》《书如何拯救生活》等。

朗读指导

本诗创作于2012年5月，这首诗描写了诗人对口吃的人的感受，表现了口吃者无法顺利表达自己的挣扎和想要表达的渴望。

这种无法表达的感觉，其实也适用于我们每个人，我们慢慢长大、变老，但是与世界对话的能力却变得越来越弱，不再表达自己内心的真实想法，已经变成了实际意义上的结巴者，“像一粒拆不开的果”，无法与他人沟通，也得不到别人的理解。

东方人的内敛和含蓄让我们认为做比说更重要，特别是对于男性长辈，其实有时候陪长辈聊天更让他们感觉窝心。和他们一起分享这首诗，朗读时，语调轻松一点，读完与他们聊聊天。

在一株凤凰木下望天

郑单衣

大树下望天，总会
怀疑蓝色的腹腔与涅槃后的去处

总会当自己
是偏爱仔细的军用望远镜
观察破产者表情般的

你终于开心的
万能钥匙，我

曾是，又是
一行南飞雁，父亲

套着微风和一片繁忙的
滤镜，听自己
心跳如鼓

却听见长空
含鹤而近，而远，我

我该如何努力空出了心思
去尽一项唯美的义务呢

万叶散尽还复来
如鹤，如你我

作者简介

郑单衣（1963— ），当代诗人，画家，生于四川。1981 年考入西南师范大学化学系，并开始发表诗歌。主编社刊“大学生诗报”和“现代诗报”。曾任教贵州大学。先后担任报馆财经编辑，出版社总编辑。作品在海内外广为流传，并译成英文、德文、法文、日文、意大利文等逾十种文字。

朗读指导

这首诗创作于 2015 年 1 月 16 日，是诗人为父亲所作的唯一一首诗。这首诗隐含了诗人的很多家事，尤其是诗人早逝的母亲。诗人家门口有一棵凤凰木，冬天来的时候，雁子互相呼唤着飞过天空，给诗人一种“凤凰木下望天”的凄凉感触，让他陷入“涅槃”

归属的思考。

自诗人成年后，他与家人一直分居各处，与父亲相聚的日子，前后加起来不过五年。诗中“距离”“树下”“远望与期盼”的意象皆指代这种与家人分离两地的心情。诗人用“万叶散尽还复来”做结尾，呼应诗句开端的“涅槃”，通过对大自然冬去春来的感叹，表达自己对人与人之间缘分和人生轮回的思考。

父母子女的情缘是世间所有缘分中最特殊的一种。我们长大后与父母的相聚时间越来越少，对于长辈，与作者一样有着同样的亏欠。这首诗适合与长辈久别重逢时朗读，朗读时，语调悠扬，节奏轻缓，感受诗人诗句里的唏嘘之感。

幸存者

李西闽

小时候，每年到了春夏之交青黄不接的时候，饥饿就会来临。

那时，祖母就会对我说："坚持坚持，很快就会有粮食了。"她就会手指着家门口大片的农田，充满希望地说："你看，禾花都开了，用不了多久，稻谷就灌浆了，很快就成熟了，收割了，就会有新米吃了……"

那时，和父亲一起上山打柴，需要一天的时间，是很辛苦的事情。我们一大早就出发，走 20 多里的山路，到了山上，打好干柴，已经到了中午，我们就着山泉水，吃了干粮，就挑着一担干柴下山。父亲可以挑近 150 斤的干柴，我只能挑 100 多斤。

上山容易下山难，我挑着干柴跟在父亲的后面，扁担深深地勒进父亲的肩膀里，他的双腿绷得很紧，可以看到他小腿里鼓出的肌块。尽管重负让他老发出吭哧吭哧的声音，可他的腰板还是挺得直直的。他走得又稳又快，为了照顾我，让我能跟上，他有时故意放慢脚步等我。

我在后面，总是对父亲说："我不行了，歇会再走吧。"父亲就会说："我们到前面老松树底下再歇吧，那里阴凉。"结果到了老松树下，父亲还是没有停下来，继续往前走，我喊道："歇歇吧——”父亲说：“到小溪桥边再歇吧，那里有水喝。”我只好硬着头皮一步一步地往前赶，那一担木柴越来越沉重，似乎要把我压垮。结果，到了离家只有几里地的大河边上时，父亲才放下担子让我歇了歇脚，如果没有我，父亲会坚持到底，一口气把干柴挑回家的。

父亲说：“你要是老想着歇脚，你要什么时候才能走完那二十多里的山路呢？只有坚持住，一步一步地走，才能回到家里……”

部队行军，整个部队都在往前移动，走着走着，就会觉得腿灌了铅般沉重，如果你稍有松懈，就会掉队，就跟不上队伍。很多时候，再坚持一下就会度过最艰难的时刻，就可以走到目的地。

坚持和坚强不一样。

石头很坚硬，但是可以砸碎；水却不一样，水看似很柔软，可它却十分的坚韧，而且蕴含着巨大的力量。

坚持包含了石头和水，它是坚强和坚韧的混合体。

坚持是一种人生的姿态。

一种宝贵的生存方式。

什么时候都不要丢掉坚持，因为希望就在你坚持的过程中变得清晰。很多时候在你无望的时候，其实转机已经悄悄降临。

……

被埋的第一个晚上，我还担心衣着单薄的自己会不会在深夜冻死。

那个晚上，因为疼痛，我浑身一直在冒汗，根本就没有感觉到寒冷。可现在，我的心在颤抖，感觉脸皮上也冒出了鸡皮疙瘩。

此时，阳光要能够照耀在我脸上，该有多好。

在我咬着牙坚持的过程中，我的思想也波动过，还产生过这样的疑问："你的坚持有用吗？"也再次产生过放弃的念头。

恐惧一次一次地来临，一次一次地被我的抵抗击溃。我害怕黑夜的再次降临。害怕自己永远被扔在这废墟中。

我不停地期盼着妻子娉和易延端的到来，我还是坚定地认为，他们是不会把我留在这里不管的。可时间过去那么久了，易延端为什么还不过来，哪怕是我死了，他也应该来看看我的呀！我盘算着妻子的到来，就是她没有获得我的具体消息，也应该猜出我遇险了，因为她那么长时间打不通我的手机，她那么聪明的人难道不知道我发生了什么？我的手机已经不知压在哪里了，我的相机也遭了难，里面有那么多美丽的照片，我还答应朋友传给他们看呢……

这是我自己的沙场，我不但在抵抗着自然给我带来的伤害和威胁，还在和自己的软弱恐惧消极作斗争。

我还是每隔一段时间呼叫一次。

我实在不明白，为什么我都奄奄一息了，我的喊声还那么洪亮，而且嗓子还没有沙哑，尽管每次大声呼救完后，喉咙是那么的疼痛，像在糜烂的伤口上撒了一把盐。我平常说话就很大声，经常被人认为是粗俗的表现，也常常被人鄙视。可我学不会小声说话，我不习惯窃窃私语。这是我和现代城市文明的冲突，我本该是个山里人，对着大山高唱山歌。

现在，我就身处川西的大山之中，却唱不出山歌来了，只能一次一次地洪亮地呼救。

我不屈不挠的呼救能够感动上苍吗？

管他呢，反正我已经感动了自己。

作者简介

李西闽（1966— ），著名作家。代表作品有唐镇三部曲《酸》《腥》《麻》。他被认为是中国新概念恐怖小说的领军人物和倡导者，被称为“恐怖大王”。作家曾亲历2008年的汶川地震，被埋76小时，后写出纪实文学《幸存者》。

朗读指导

这篇文章节选自李西闽创作的大型纪实文学作品《幸存者》，这本书讲述了他在汶川大地震中被埋76小时的真实经历。作家回忆了小时候与父亲一起去离家20多里的山上砍柴背柴，路途遥远，年少的自己多次要求停下来歇歇，父亲却一直鼓励他坚持走完全程，告诉他要学会坚持。李西闽在汶川地震中被埋，度过了漫长难熬的

76小时，这应该是他一生中最长、最艰难的一次坚持，是父亲的话语穿过时空给予了他力量。

我们每个人的性格形成很大部分都来自家庭的影响，无论后期受到多么高的教育，血液中会永远保留着家人给予的最初的叮咛。这篇文章适合在感到心情苦闷时，与长辈一起分享，朗读时，声音低沉，语速正常，体会父亲给予作者的力量。读完，可以和长辈聊聊自己的处境，听听他们的意见。虽然每个人的一生经历有所不同，但是长辈丰富的人生阅历能给予我们宏观上的指引。

乡村月夜

白兰

她贤淑不言不语
干净
有点紧张。

隔着一个大玻璃
她看着我
她看我的时候
我的心像一粒棉花糖。

谁说守夜的人用古老的悲哀把她填满
今夜的月亮
装满了我善意的眼神——
我把母亲的恩德献给它　把一个女儿对母亲的爱献给她
愿她赐给母亲一个幸福的晚年
一个长生不老的传说
愿她再慷慨一些：允许我用我的心
买下所有的诞生……

当我望着月亮幻想着这一连串的心愿
一轮皎月照着我的额头
我年老的母亲
在我身旁轻轻打着呼噜……

作者简介

白兰，原名程岚，诗人，现居北京和石家庄。诗歌散见于各种诗歌杂志，作品入选多家年度选本。著有诗集《爱的千山万水》《草木之心》，获第三届河北诗人奖。

朗读指导

白兰的诗歌通透、明亮、温暖，还有一种轻盈的灵动，她主张诗人与诗歌的统一，要诗如其人。有评论家评价她，认为她是王国维所讲的那种“不必多阅世，阅世愈浅，则性情愈真，李后主是也”的诗人。

这首诗创作于诗人年迈的母亲在世时的一个秋夜，由于母亲有病在身，经常夜里起夜，母亲每一次起夜，都牵动着诗人的心。在一个月圆夜，作者陪在母亲身旁，在床上反反复复，难以入睡，看着天空明亮的月亮，触景生情，在心中许下对母亲诸多美好的祝愿。

“愿她赐给母亲一个幸福的晚年，一个长生不老的传说”。诗句除了表达对母亲的祝愿，还有面对病痛和人之将老的无能为力，只能借又圆又亮的月亮寄托自己的思绪。

长大后我们很少再与父母或祖父母在一个屋檐下生活，更别说如作者一般与母亲睡在一个房间，直接面对母亲年老的脆弱。这首诗十分适合晚辈向长辈表达心中美好的祝愿，希望这首诗能拉近与长辈的距离。朗读时，语调或轻柔，或低沉，语速稍慢，体会作者心中对母亲无尽的爱。

呼兰河传（节选）

萧红

呼兰河这小城里边住着我的祖父。

我生的时候，祖父已经六十多岁了，我长到四五岁，祖父就快七十了。

我家有一个大花园，这花园里蜂子、蝴蝶、蜻蜓、蚂蚱，样样都有。蝴蝶有白蝴蝶、黄蝴蝶。这种蝴蝶极小，不太好看。好看的是大红蝴蝶，满身带着金粉。

蜻蜓是金的，蚂蚱是绿的，蜂子则嗡嗡地飞着，满身绒毛，落到一朵花上，胖圆圆地就和一个小毛球似的不动了。

花园里边明晃晃的，红的红，绿的绿，新鲜漂亮。

据说这花园,从前是一个果园。祖母喜欢吃果子就种了果园。祖母又喜欢养羊，羊就把果树给啃了。果树于是都死了。到我有记忆的时候，园子里就只有一棵樱桃树，一棵李子树，因为樱桃和李子都不大结果子，所以觉得它们是并不存在的。小的时候，只觉得园子里边就有一棵大榆树。

这榆树在园子的西北角上，来了风，这榆树先啸，来了雨，大榆树先就冒烟了。太阳一出来，大榆树的叶子就发光了，它们闪烁得和沙滩上的蚌壳一样了。

祖父一天都在后园里边，我也跟着祖父在后园里边。祖父戴一个大草帽，我戴一个小草帽，祖父栽花，我就栽花；祖父拔草，我就拔草。当祖父下种，种小白菜的时候，我就跟在后边，把那下了种的土窝，用脚一个一个地溜平，哪里会溜得准，东一脚的，西一脚的瞎闹。有的把菜种不单没被土盖上，反而把菜子踢飞了。

小白菜长得非常之快，没有几天就冒了芽了，一转眼就可以拔下来吃了。

祖父铲地，我也铲地；因为我太小，拿不动那锄头杆，祖父就把锄头杆拔下来，让我单拿着那个锄头的“头”来铲。其实哪里是铲，也不过爬在地上，用锄头乱勾一阵就是了。也认不得哪个是苗，哪个是草。往往把韭菜当做野草一起地割掉，把狗尾草当做谷穗留着。

等祖父发现我铲的那块满留着狗尾草的一片，他就问我：

“这是什么？”

我说：“谷子。”

祖父大笑起来，笑得够了，把草摘下来问我：

“你每天吃的就是这个吗？”

我说：“是的。”

我看着祖父还在笑，我就说：

“你不信，我到屋里拿来你看。”

我跑到屋里拿了鸟笼上的一头谷穗，远远地就抛给祖父了。

说：“这不是一样的吗？”

祖父慢慢地把我叫过去，讲给我听，说谷子是有芒针的。

狗尾草则没有，只是毛嘟嘟的真像狗尾巴。

祖父虽然教我，我看了也并不细看，也不过马马虎虎承认下来就是了。一抬头看见了一个黄瓜长大了，跑过去摘下来，我又去吃黄瓜去了。

黄瓜也许没有吃完，又看见了一个大蜻蜓从旁飞过，于是丢了黄瓜又去追蜻蜓去了。蜻蜓飞得多么快，哪里会追得上。好在一开初也没有存心一定追上，所以站起来，跟了蜻蜓跑了几步就又去做别的去了。

采一个倭瓜花心，捉一个大绿豆青蚂蚱，把蚂蚱腿用线绑上，绑了一会，也许把蚂蚱腿就绑掉，线头上只拴了一只腿，而不见蚂蚱了。

玩腻了，又跑到祖父那里去乱闹一阵，祖父浇菜，我也抢过来浇，奇怪的就是并不往菜上浇，而是拿着水瓢，拼尽了力气，把水往天空里一扬，大喊着：

“下雨了，下雨了。”

太阳在园子里是特大的，天空是特别高的，太阳的光芒四射，亮得使人睁不开眼睛，亮得蚯蚓不敢钻出地面来，蝙蝠不敢从什么黑暗的地方飞出来。是凡在太阳下的，都是健康的、漂亮的，拍一拍连大树都会发响的，叫一叫就是站在对面的土墙都会回答似的。

花开了，就像花睡醒了似的。鸟飞了，就像鸟上天了似的。虫子叫了,就像虫子在说话似的。一切都活了。都有无限的本领，要做什么，就做什么。要怎么样，就怎么样。都是自由的。倭瓜愿意爬上架就爬上架，愿意爬上房就爬上房。

黄瓜愿意开一个黄花，就开一个黄花，愿意结一个黄瓜，就结一个黄瓜。若都不愿意，就是一个黄瓜也不结，一朵花也不开，也没有人问它。玉米愿意长多高就长多高，它若愿意长上天去，也没有人管。蝴蝶随意的飞，一会从墙头上飞来一对黄蝴蝶,一会又从墙头上飞走了一个白蝴蝶。它们是从谁家来的，又飞到谁家去？太阳也不知道这个。

只是天空蓝悠悠的，又高又远。

可是白云一来了的时候，那大团的白云，好像洒了花的白银似的，从祖父的头上经过，好像要压到了祖父的草帽那么低。

我玩累了,就在房子底下找个阴凉的地方睡着了。不用枕头，不用席子，就把草帽遮在脸上就睡了。

作者简介

萧红（1911—1942），原名张迺莹，中国近现代女作家，被誉为“30年代文学洛神”。她是“民国四大才女”之一。

她的一生充满传奇性色彩，不向命运低头，在苦难中挣扎，与苦难不断抗争。她的成名作是《生死场》，代表她最高文学成就的是自传体长篇小说《呼兰河传》。1942 年 1 月 22 日，萧红因病在香港去世。

朗读指导

《呼兰河传》是萧红在 1940 年完成的一部长篇小说，是萧红的代表作品，以萧红童年生活为线索，反映了呼兰河这座小城的人情百态和中国旧社会的黑暗沉闷，是一首改造国民灵魂的挽歌。

节选的文字描述了作者和祖父在菜园子里的场景。这应该是作者童年最快乐的时光。祖父给了她自由的爱,她可以在菜园子里“为所欲为”地“胡闹”。正是这位慈爱的祖父,给了她生活里仅有的梦幻。

大多人的生命中都会有一个这样的长辈，温暖了自己的童年时光。假如你也有这样慈爱的长辈，为他朗读这篇文章，和他一起回忆你们美好的旧时光。朗读时，可以用孩子般顽皮、欢快的语气，跟长辈共享作者描绘的这番“爷孙同乐”的幸福场景。

小河

周作人

一条小河，稳稳地向前流动。
经过的地方，两面全是乌黑的土；
生满了红的花，碧绿的叶，黄的果实。
一个农夫背了锄来，在小河中间筑起一道堰。
下流干了；上流的水被堰拦着，下来不得；
不得前进，又不能退回，水只在堰前乱转。
水要保他的生命，总须流动，便只在堰前乱转。
堰下的土，逐渐淘去，成了深潭。
水也不怨这堰，——便只是想流动，
想同从前一般，稳稳地向前流动。
一日农夫又来，土堰外筑起一道石堰。土堰坍了；
水冲着坚固的石堰，还只是乱转。
堰外田里的稻，听着水声，皱眉说道，——
“我是一株稻，是一株可怜的小草，
我喜欢水来润泽我，
怯怕他在我身上流过。
小河的水是我的好朋友；

他曾经稳稳的流过我面前，
我对他点头，他向我微笑。
我愿他能够放出了石堰，
仍然稳稳地流着，
向我们微笑；
曲曲折折的尽量向前流着，
经过两面地方，都变成一片锦绣。
他本是我的好朋友，
只怕他如今不认识我了；
他在地底呻吟，
听去虽然微细，却又如何可怕！
这不是你我的朋友平日的声音，
——被轻风挽着走上沙滩来时，
快活的声音。
我只怕他这回出来的时候，
不认识从前的朋友了，
——便在我身上大踏步过去；
我所以正在这里忧虑。”
田边的桑树，也摇头说，——
“我生的高，能望见那条小河，——
他是我的好朋友，
他送清水给我喝，

使我能生肥绿的叶，紫红的桑葚。
他从前清澈的颜色，
现在变了青黑；
又是终年挣扎，脸上添许多痉挛的皱纹。
他只向下钻早没有工夫对了我点头微笑；
堰下的潭，深过了我的根了。
我生在小河旁边，
夏天晒不枯我的枝条。
冬天冻不坏我的根。
如今只怕我的好朋友，
将我带到沙滩上，
拌着他卷来的水草。
我可怜我的好朋友，
但实在也为我自己着急。”
田里的草和虾蟆，听了两下的话，
也都叹气，各有他们自己的心事。
水只在堰前乱转；
坚固的石堰，还是一毫不摇动。
筑堰的人，不知到哪里去了。

作者简介

周作人（1885—1967），中国现代著名散文家、文学理论家、评论家，中国民俗学开拓人，新文化运动的杰出代表。周作人是《新青年》的重要作者，并曾任“新潮社”主任编辑，与郑振铎、沈雁冰等人发起成立“文学研究会”；并与孙伏园等创办《语丝》周刊，任主编和主要撰稿人。历任北京大学教授，燕京大学新文学系主任、客座教授。

朗读指导

《小河》是一首完全摆脱了旧诗格律的自由体新诗，是一首诗体大解放的代表作，对新诗的发展产生了很大的影响。胡适称赞它为“新诗中的第一首杰作”。

诗歌中稳稳向前流动的小河，被农夫筑起一道堰拦住，不得前进，又不能退回，只在堰前乱转，桑树和稻秧为之担心，害怕石堰一旦塌毁，河水将“不认从前的朋友”，从他们身上大踏步过去。

这首喻理诗具有两层意义：第一层，告诫人们应该尊重大自然，否则，就会受到自然的惩罚；第二层，把“小河”比作民情，借用“民犹水也，水能载舟，亦能覆舟”的古训，暗示旧体制的腐朽，以及人们对个性自由和解放的渴望。

这首诗也暗示人们心中的那道墙，它让我们少了沟通，多了执念。给长辈朗读这首诗，和他们聊聊历史和民族，朗读时，声音低沉，语调平缓，感受诗人沉重的忧国忧民的心情。

谈吃

夏丏尊

说起新年的行事，第一件在我脑中浮起的是吃。回忆幼时一到冬季就日日盼望过年，等到过年将届就乐不可支，因为过年的时候有种种乐趣，第一是吃的东西多。

中国人是全世界善吃的民族。普通人家，客人一到，男主人即上街办吃场，女主人即入厨罗酒浆，客人则坐在客堂里口磕瓜子，耳听碗盏刀俎的声响，等候吃饭。

吃完了饭，大事已毕，客人拔起步来说“叨扰”，主人说“没有什么好的待你”，有的还要苦留：“吃了点心去”，“吃了夜饭去”。

遇到婚丧，庆吊只是虚文，果腹倒是实在。排场大的大吃七日五日，小的大吃三日一日。早饭、午饭、点心、夜饭、夜点心，吃了一顿又一顿，吃得不亦乐乎，真是酒可为池，肉可成林。

过年了，轮流吃年饭，送食物。新年了，彼此拜来拜去，讲吃局。端午要吃，中秋要吃，生日要吃，朋友相会要吃，相别要吃。只要取得出名词，就非吃不可，而且一吃就了事，此外不必别有什么。

小孩子于三顿饭以外，每日好几次地向母亲讨铜板，买食吃。普通学生最大的消费不是学费，不是书籍费，乃是吃的用途。

成人对于父母的孝敬，重要的就是奉甘旨。中馈自古占着女子教育上的主要部分。“食不厌精，脍不厌细”，“沽酒，市脯”，“割不正”，圣人不吃。梨子蒸得味道不好，贤人就可以出妻。家里的老婆如果弄得出好菜，就可以骄人。古来许多名士至于费尽苦心，别出心裁，考案出好几部特别的食谱来。

不但活着要吃，死了仍要吃。他民族的鬼只要香花就满足了；而中国的鬼仍依旧非吃不可。死后的饭碗，也和活时的同样重要，或者还更重要。普通人为了死后的所谓“血食”，不辞广蓄姬妾预置良田。道学家为了死后的冷猪肉，不辞假仁假义，拘束一世。朱竹垞不吃冷猪肉，不肯从其诗集中删去《风怀二百韵》的艳诗，至今犹传为难得的美谈，足见冷猪肉牺牲不掉的人之多了。

不但人要吃，鬼要吃，神也要吃，甚至连没嘴巴的山川也要吃。有的但吃猪头，有的要吃全猪，有的是专吃羊的，有的是专吃牛的，各有各的胃口，各有各的嗜好，古典中大都详有规定，一查就可知道。较之于他民族的对神只作礼拜，他民族的神，似是唯心，中国的神，尽是唯物的。

梅村的诗道：“十家三酒店。”街市里最多的是食物铺。俗语说，“开门七件事”，家庭中最麻烦的不是教育或是什么，乃是料理食物。学校里最难处置的不是程度如何提高，教授如何改进，乃是饭厅风潮。

俗语说得好，只有“两脚的爷娘不吃，四脚的眠床不吃”。中国人吃的范围之广，真可使他国人为之吃惊。中国人于世界普通的食物之外，还吃着他国人所不吃的珍馐：吃西瓜的实，吃鲨鱼的鳍，吃燕子的窠，吃狗，吃乌龟，吃蛇，吃狸猫，吃癞蛤蟆，吃癞头鼋，吃小老鼠。有的或竟至吃到小孩的胞衣以及直接从人身上取得的东西。如果能够，怕连天上的月亮也要挖下来尝尝哩。

至于吃的方法，更是五花八门，有烤，有炖，有蒸，有卤，有炸，有烩，有熏，有醉，有炙，有熘，有炒，有拌，真是一言难尽。古来尽有许多做菜的名厨师，其名字都和名卿相一样赫赫地留在青史上。不，他们之中有的并升到高位，老老实实就是名卿相。如果中国有一件事可以向世界自豪的，那么这并不是历史之久，土地之大，人口之众，军队之多，战争之频繁，乃是善吃的一事。中国的肴菜，已征服了全世界了。有人说中国人有三把刀为世界所不及，第一把就是厨刀。

不见到喜庆人家持着的福禄寿三星图吗？福禄寿是中国民族生活上的理想。画上的排列是禄居中央，右是福，寿居左。禄也者，拆穿了说就是吃的东西。老子也曾说过："虚其心实其腹"，"圣人为腹不为目。"吃最要紧，其他可以不问。"嫖赌吃着"之中，普通人皆认吃最实惠。所谓"着威风，吃受用，赌对冲，嫖全空"，什么都假，只有吃在肚里是真的。

吃的重要更可于国人所用的言语上证之。在中国，吃字的意义特别复杂，什么都会带了"吃"字来说。被人欺负曰"吃亏"，打巴掌曰"吃耳光"，希求非分曰"想吃天鹅肉"，诉讼曰"吃官司"，中枪弹曰“吃卫生丸”，此外还有什么“吃生活”‘吃排头”等等。相见的寒暄，他民族说“早安”、“午安”、“晚安”，而中国人则说“吃了早饭没有？”“吃了中饭没有？”“吃了夜饭没有？”对于职业普通也用吃字来表示，营什么职业就叫做吃什么饭。“吃赌饭”，“吃堂子饭”，“吃洋行饭”，“吃教书饭”，诸如此类，不必说了。甚至对于应以信仰为本的宗教者，应以保卫国家为职志的军士，也都加吃字于上。在中国，教徒不称信者，叫做“吃天主教的”，“吃耶稣教的”，从军的不称军人，叫做“吃粮的”，最近还增加了什么“吃党饭”、“吃三民主义”的许多新名词。

衣、食、住、行为生活四要素，人类原不能不吃。但吃字的意义如此复杂，吃的要求如此露骨，吃的方法如此麻烦，吃的范围如此广泛，好像除了吃以外就无别事也者，求之于全世界，这怕只有中国民族如此的了。

在中国，衣不妨污浊，居室不妨简陋，道路不妨泥泞，而独在吃上，却分毫不能马虎。衣、食、住、行的四事之中，食的程度，远高于其余一切，很不调和。中国民族的文化，可以说是口的文化。

佛家说六道轮回，把众生分为天、人、修罗、畜生、地狱、饿鬼六道。如果我们相信这话，那么中国民族是否都从饿鬼道投胎而来，真是一个疑问。

作者简介

夏丏尊（1886—1946），文学家、语文学家、出版家。他曾考取过秀才，后东渡日本求学，因为缺少学费辍学。他与李叔同是好友，在新文化运动中，致力于推动白话文教育。夏丏尊把毕生的精力投放在教育事业，曾创办《中学生》杂志，被几代中学生视为良师益友。

朗读指导

夏丏尊曾任职开明书店总编辑，他创立了《中学生》杂志，叶圣陶时任杂志主编，这本杂志推动了中国语文教学的发展，成果显著。夏丏尊是中国近代教育的革新者，他推行“人格教育和爱的教育”，对学生严格要求、关怀备至，被称为“妈妈的爱”。

这篇文章描述了关于中国人吃的文化，从吃的场合、人群等方面入手，让人了解到中国民以食为天的文化背景，全方位无死角地将“吃”文化展现在大众面前，全文行云流水，对中国文化点滴信手拈来，让人读后不禁会心一笑。作者对民族传统文化所持的亦褒亦贬的态度，让本文成为反思中国文化的经典。

这篇文章比较长，可以分段朗读，特别是最后一段，对吃文化的深层解析，给人以醍醐灌顶之感。朗读时，语调可以稍诙谐些，语速平常，体会作者对民族文化的良苦用心。

我从 Cafe 中出来

王独清

我从 Cafe 中出来，
身上添了
中酒的
疲乏，
我不知道
向哪一处走去，才是我底
暂时的住家……
啊，冷静的街衢，
黄昏，细雨！

我从 Cafe 中出来，
在带着醉
无言地
独走，
我底心内
感着一种，要失了故园的
浪人底哀愁……

啊，冷静的街衢，

黄昏，细雨！

作者简介

王独清（1898—1940），散文家，诗人，象征派诗歌的代表人物。他出身于没落的官僚家庭，曾东渡日本，接触了外国文学。1920年，王独清去法国留学，学习欧洲古典建筑艺术。回国后，加入创造社，成为社里的主要诗人，主编《创造月刊》。代表诗集有《圣母像前》。

朗读指导

这首诗选自作者的象征诗诗集《圣母像前》，是作者留学法国时写下的，诗人独居海外，面对异域的生活，他感觉自己是个无家可归的“流浪汉”。

故国远在天边，作者心中充满无家可归的悲哀。法国是一个很有文化情调的国度，咖啡体现法国人对生活品质的要求，也在法国人的日常生活中有着重要的地位。

诗人去咖啡馆并没有沉浸在咖啡的悠闲中，却平添了一股思乡的醉意，感叹“不知道向哪一处走去，才是我底暂时的住家……”整首诗字字透着凄凉，作者对故国家园的思念尽显其中。每个远离故园的人都会在某个刹那涌起这种情绪。可以在想家的时候，朗读并抄写这首诗，送给家乡的父母，以缓解心中浓浓的离愁。

墨萱图·其一

王冕

灿灿萱草花，罗生北堂下。
南风吹其心，摇摇为谁吐？
慈母倚门情，游子行路苦。
甘旨日以疏，音问日以阻。
举头望云林，愧听慧鸟语。

作者简介

王冕（1287—1359），元朝著名画家、诗人、篆刻家。王冕出身于贫苦人家，白天放牛时，常跑去学堂听课。后来，寄宿在寺庙，自学成才。他的努力好学感动了安阳的韩性，被其收作学生。王冕行事异于常人，鄙视权贵，科举仕途坎坷。王冕曾游历北方，看到了广大民众的苦难，看破了人情势利，于是隐居会稽，所以他的作品表现出对普通民众的深切关怀。

朗读指导

诗人王冕先后创作了两首《墨萱图》，此篇为其中的一首。萱草花，又称忘忧草，是中国的“母亲花”，早在康乃馨之前，就已成为母亲的象征。北堂，代表母亲。古时候，游子出行的时候，会在北堂种上萱草，以此纾解母亲对游子的思念。

这首诗作表达了远行的游子对母亲的思念，以及无法在母亲面前尽孝的愧疚。这首诗简单易懂、朗朗上口，理解起来不会有太多的障碍，非常适合配上一首悠扬的音乐，在我们想念母亲的时候大声地、深情地朗读。

身为游子的我们，除了给父母多打电话、多通视频，还可以通过这样一篇篇蕴含深情的文字，来表达自己对父母的爱。如果与父母分居两地，还可以打开视频，与父母分享这首诗。

岁末到家

蒋士铨

爱子心无尽，归家喜及辰。
寒衣针线密，家信墨痕新。
见面怜清瘦，呼儿问苦辛。
低徊愧人子，不敢叹风尘。

作者简介

蒋士铨（1725—1784），清代乾隆年间进士，著名戏曲家、文学家。蒋士铨虽然家贫，但从小受到了良好的家庭教育，他22岁中举，33岁中进士，官至翰林院编修，后因面斥达官而遭诽谤，愤然辞职。蒋士铨诗工文辞雅正有法，同时精通戏曲，其才学多次得到乾隆皇帝的肯定。

朗读指导

《岁末到家》写于乾隆十一年（1746年）的年终前夕。作者在岁末赶回家中，深感母亲对自己的关怀，于是有感而作。这首诗用质朴的语言细腻地刻画了母子久别相见时真挚而复杂的情感。

“低徊愧人子，不敢叹风尘”，这首诗写出了多少游子的心声，出门在外，尽量报喜不报忧，宽慰长辈一颗颗牵挂的心。相见时短，恨别离长，身为子女，在团聚的日子好好孝敬父母，珍惜不多的团聚时光。这首小诗适合我们在久别归家时朗读。岁末年关时，风尘仆仆地赶回故乡与亲人相聚，感受父母的殷殷等待和切切深情，和他们分享这首诗，朗读时，语调悠长，蕴含深情，表达出内心对长辈的复杂情感。

赤壁怀古

苏轼

大江东去，浪淘尽，千古风流人物。
故垒西边，人道是，三国周郎赤壁。
乱石穿空，惊涛拍岸，卷起千堆雪。
江山如画，一时多少豪杰。
遥想公瑾当年，小乔初嫁了，雄姿英发。
羽扇纶巾，谈笑间，樯橹灰飞烟灭。
故国神游，多情应笑我，早生华发。
人生如梦，一尊还酹江月。

作者简介

苏轼（1037—1101），字子瞻，号东坡居士，世称苏东坡，北宋著名文学家、书法家、画家，在诗、词、书、画方面都取得了很高的成就。其中，他对词创作的贡献是历史性的，改变了词的“艳科”的传统格局，提高了词的文学地位，让“词”成为中国文学史上与“诗”比肩的艺术体裁。他的父亲苏洵、弟弟苏辙都是北宋时期的文学家，三人被合称为“三苏”。

朗读指导

这首词是豪放词的代表作之一。此词描述了月夜长江的壮美景色。诗人面对“惊涛拍案”的壮丽景象，内心不禁浮想联翩，联想到三国时期的各色英雄人物及古战场金戈铁马的场面，表达了对那些风流人物的赞美。

苏东坡的词大多追求壮美的风格和阔达的意境，他认为作词应像写诗一样，抒发自我的真实性情和独特的人生感受。苏轼一向以文章气节为重，主张“文如其人”，开创了词的新局面，转变了宋词发展的轨迹。

《赤壁怀古》借古抒怀，雄浑苍凉，大气磅礴，将写景、咏史、抒情融为一体，曾被誉为“古今绝唱”。这首词充满历史感和厚重感，给人以撼魂荡魄的艺术力量，适合抒发对人生际遇的感叹，将这首词朗读给长辈，跟他们一起回忆坎坷人生，谈论古往今来的世事。

在前面的柳园

叶芝

在前面的柳园，
我遇上了我的爱人；
她从柳园走过，
两足雪白，娇小生辉。
她让我与她好好相爱，
像树枝上新长出的叶芽；
我当时太过年轻愚昧，
并没有记住她的话。
我站在河边的田野，
我的爱人与我面对面，

她的手搭在我的肩膀，
雪白，让我沉醉其中。
她让我平平稳稳地生活，
像堤岸的青草四季轮回。
我当时太过年轻愚昧，
到如今只落得空把泪撒。

作者简介

威廉·巴特勒·叶芝（1865—1939），爱尔兰著名诗人、剧作家、散文家，著名的神秘主义者，诺贝尔文学奖获得者。叶芝一生深受浪漫主义、唯美主义、神秘主义、象征主义和玄学诗的影响，他的作品映射着英语诗歌从传统向现代的转变。叶芝是20世纪现代主义诗坛最著名的诗人之一，是“爱尔兰文艺复兴运动”的领袖。他的诗歌从早期的自然抒写，到晚年的沉思凝练，有着非常大的转变，“真正完成了一场思想和艺术的修炼”。

朗读指导

这是一首与爱情和人生有关的诗，是作者写给爱慕一生的爱尔兰演员茅德·冈的。诗人一生有很多诗篇都是写给这位心中女神的，求而不得，更显得爱人的高贵。诗人一直等到 50 岁才另娶他人，可谓是专情之致，更是给我们留下了许多动人的爱情诗篇。

诗人在诗中描写了爱人的美貌和智慧，她的手足雪白，她的人生态度严肃认真。诗中的两个部分分别表达了爱人对爱情和人生的态度，体现出爱人不但美丽，并且极具个性，理智成熟，作者再三感叹自己“太过年轻愚昧”，反衬出在作者眼中爱人的完美。

诗人不只沉醉于爱人的相貌，还崇拜她的个性和思想，是一首将爱人完美化的抒情诗,也是一首回味过往青春爱情的咏怀诗。每个人都幻想过自己的爱情，将这首诗朗诵给长辈，一起回忆各自岁月中的美好曾经！朗读时，语调深沉、悠扬，体现出岁月的厚重感。

人生的七个阶段

莎士比亚

全世界是一个舞台，所有的男男女女不过是一些演员；

他们都有下场的时候，也都有上场的时候。

一个人的一生中扮演着好几个角色，

他的表演可以分为七个时期。最初是婴孩，

在保姆的怀中啼哭呕吐。

然后是背着书包、满脸红光的学童，

像蜗牛一样慢腾腾地拖着脚步，不情愿地呜咽着上学堂。

然后是情人，像炉灶一样叹着气，写了一首悲哀的诗歌咏着他恋人的眉毛。

然后是一个军人，满口发着古怪的誓，胡须长得像豹子一样，爱惜着名誉，动不动就要打架，在炮口上寻求着泡沫一样的荣名。

然后是法官，胖胖圆圆的肚子塞满了阉鸡，凛然的眼光，整洁的胡须，满嘴都是格言和老生常谈；

他这样扮了他的一个角色。

第六个时期变成了精瘦的趿着拖鞋的龙钟老叟，鼻子上架着眼镜，腰边悬着钱袋；

他那年轻时候节省下来的长袜子套在他皱瘪的小腿上显得

宽大异常；

他那朗朗的男子的口音又变成了孩子似的尖声，像是吹着风笛和哨子。

终结着这段古怪的多事的历史的最后一场，是孩提时代的再现，全然的遗忘，没有牙齿，没有眼睛，没有口味，没有一切。

作者简介

威廉·莎士比亚(1564—1616),英国文学史上最杰出的戏剧家,全世界最卓越的文学家之一。莎士比亚是欧洲文艺复兴时期最重要、最伟大的作家,他流传下来的作品包括37部戏剧、154首十四行诗、2首长叙事诗,这些作品被翻译成世界各国的语言,搬上全世界的舞台。

朗读指导

人拥有童年、壮年、老年,才算有一个完美的人生,一天拥有上午、下午、黄昏和黑夜,才算完整的一天,一年拥有春夏秋冬,才算四季分明。没有哪一个季节是最坏的,也没有人生的哪一个阶段不重要、不美好。当然每个人都不会跳跃过任何一个阶段,直接到自己想要的年龄段,都要循序渐进。

布拉德·皮特和凯特·布兰切特主演的《返老还童》里生命倒置的情况,也只是编剧脑洞大开的艺术创作,但是男主角依然“逆”着遵循了人类从小到老的每一个过程。

这首诗适合与长辈一起回望过去时朗读,与长辈们分享他们曾经的青春岁月,寻找那些被岁月吞没的时间。朗读时,注意人生七个阶段的停顿,语调平稳,语速稍慢,让长辈们边听边回忆自己的曾经。

CHAPTER 2

第二辑

铿锵岁月，是你的勋章

幸福要回答（节选）

杨澜

我们什么时候去了解过父母的青春，去了解过他们曾经的浪漫与激情，疯狂与叛逆？有一天，我听70岁的母亲说起中学时代父亲怎么大胆地约她出去看电影，要知道一旦被老师发现将有无限麻烦。但她还是去了，或者浪漫就是和某种冒险甚至犯罪感相联系的。而72岁的父亲这时不紧不慢地说了一句："可是你不知道，为了买那两张电影票，我可是有好几天没吃早饭咧！"我突然在脑海中勾勒出少女惶恐又勇敢的面孔和少年清瘦却骄傲的身影。那面孔与身影是熟悉而陌生的。而正是这对痴情的少男少女在若干年后对自己16岁的女儿说："中学期间绝对不能谈恋爱！"不公平！

马伊俐出演电视剧《风和日丽》的女主角杨小翼，一个属于妈妈那个时代的女性。不少年轻观众给她写信说看了这部戏突然理解了爸爸妈妈的青春。马伊俐的父母都是上海知青，十五六岁去江西插队，并在那里相恋、结婚。等到知青大批返城时他们傻了，因为结婚的知青拿不到城市户口。当时只有一个办法：假离婚。于是爸爸带着伊俐住在爷爷奶奶家，妈妈住在自己父母家。为了经得起居委会的不定期抽查和周围窥探的眼神，两人要见面只能偷偷摸摸地约在夜晚的外滩，时间也只有半个小时而已。分开的时候，父亲抱着女儿在头里走，母亲尾随，一直跟到弄堂口，看着他们的身影消失在黑暗里才哭着走开。妈妈总是一边织着毛衣一边回忆起这段经历，让马伊俐唏嘘不已。

不管是否愿意，我们都常常重复着父母的某种生活轨迹。秦海璐说她有 11 个旅行箱，一年四季的衣服都在里面。她永远在路上，总想年轻时要多挣钱为了老的时候可以生活。有一天想起自己的母亲，她属于 20 世纪 80 年代第一拨下海做生意的，也曾经忙得不着家，以至于她都不知如何跟妈妈撒娇。妈妈想把所有的经验都传授给女儿，曾经对 16 岁的女儿说："记住，这辈子无论是你的兄弟姐妹还是父母爱人孩子，他们都没有义务让你快乐！能让你快乐的只有你自己。"我想这是一位母亲的肺腑之言，也是一种极具不安全感的心理暗示。女儿变得独立而辛苦，也就是情理之中的事了。直到有一天女儿把挣到的钱寄给妈妈，对她说："您说的不对。起码能让你快乐的还有我。"最让海璐开心的是妈妈终于学会花钱了——洗澡之后花 6 块钱让人给自己按摩一下肚子，感觉很奢侈。

……

香港导演许鞍华也是在长大后才试图去了解母亲的。16 岁那年父亲告诉她其实母亲是日本人，在战乱后留在香港却被婆婆禁止说日语，她才理解为什么妈妈会时不时地流露出孤独落寞的神情。于是在她导演的自传体电影《客途秋恨》里，才有了陆小芬和张曼玉扮演的母女从抵触对抗到相互疼惜。一直未婚的许鞍华与母亲生活在一起，妈妈从不催促她的婚事，也不盘问，似乎从未担心过女儿的判断力。或许是因为她相信，人难免孤独，而女儿也在妈妈的沉默中体会到了接受和尊重。妈妈一天天变老，终有一天将带着她所有的故事离开，这让许鞍华把目光投向了人生的终点。在她屡获殊荣的电影《桃姐》中，一位老保姆在简陋局促的养老院里的最后日子，无论是凄苦还是温情，都是淡淡的。那份节制是否来自许导对生活特别是对母亲的体味？一直恐惧老年的许鞍华告诉我们她不再害怕变老："毕竟，总有一些人跟我们一起老去，而无论日子多么艰难，总有一些理由让我们对生留恋。"

生命中一个巨大的秘密就是我们究竟从父母那里继承了什么？相貌、体征、性格、手艺、知识、情操、财富、人脉、命运、信仰？它们又是怎样与我们的教育环境和成长经历发生了无以计数的化学反应，而让我们成为独立的个体？为什么有时我们最不喜欢的父母的某些特质恰恰出现在自己的身上？而他们的高大形象会在多年之后回归平凡？我们真的在按父亲的形象找丈夫或者按母亲的形象找妻子？父母的生命又如何在我们以及我们的孩子身上延续？我能肯定的是，我对他们的爱不需要理由，正如他们对我；他们不必完美高大正确，正如他们从未这样要求我们。真想对他们说："亲爱的爸爸妈妈，让我拥抱你们，正如你们曾把我抱在怀里；请依靠我，正如我曾依靠你们的指引。"

作者简介

杨澜（1963— ），中国电视节目主持人、媒体人。1994 年获得第一届“金话筒奖”，之后赴美深造，毕业于哥伦比亚大学。她开创了中国电视第一个深度高端访谈节目《杨澜访谈录》，被全球华语观众所赞誉。著有《幸福要回答》《一问一世界》等畅销书籍。

朗读指导

当我们慢慢长大，长辈也会变老。所谓年年岁岁花相似，岁岁年年人不同，他们也曾跟我们一样地青春飞扬过，也曾斗志昂扬、心怀理想，为事业和家庭拼搏。生命的可贵之处在于传承，这种传承包含很多东西，比如情操和性格，外貌和习惯。父母是我们人生道路的指明灯，我们是他们人生路上继承者，也是他们人生的勋章。

杨澜在文中介绍了很多人与自己父母的关系，比如莫文蔚、秦海璐和马伊琍，还有香港导演许鞍华。他们的人生大多有自己父母的影子，秦海璐独立得益于母亲的教诲，许鞍华在《桃姐》中对老年人的阐释，是对母亲老年生活的体味。

我们的一生与父母的一生在时间上有相交之处，在过程上有重复之处，也许生命的神秘就在于此吧。这篇文章适合给长辈朗读，特别是自己的父母和（外）祖父母，挑选一个假期，朗读时让他们多讲讲年轻时候的日子。拿出老照片，寻找生命的相似处。朗读时，可以着重朗读最后一段，体会生命传承的意义。

宝贝，宝贝（节选）

周国平

除了幽默话语外，啾啾对于某个问题的回答常常出人意料，有脑筋急转弯之效，遂成妙答。

妈妈带她去老家，回到北京，在出租车上，想提醒她记住外婆，问："妈妈的妈妈是谁？"她答："是大妈妈。"

妈妈接着问："那么，啾啾的妈妈是谁呢？"

她答："小妈妈。"

在妈妈的办公室里，她看到一张照片，是妈妈老同学的合影，就挨个问这个叔叔是谁，那个叔叔是谁。其中有一个人，妈妈说不记得了。看见那个人面前站着一个男孩，她恍然大悟，说："妈妈，他是小哥哥的爸爸呀。"

她把她的小被子整齐地铺在大床上。我问："你给谁铺被子？"她随口答："给大床。"

妈妈说她漂亮，她否认，叫她小丑妞，她也否认，说："也不丑，也不美丽。”妈妈说：“那就是中不溜。”她仍否认：“也不中不溜。”妈妈问：“什么也不是？”她答：“我是妈妈的小女儿。”

我的一本书，某一页上有丁聪画的我的漫画头像。她看了说：“这是周国平。”我问：“周国平在干什么？”她答：“在看字。”可不，头像在右边，脸朝左方，而左边都是文字。（2 岁）

我假装要吃她，她兴奋又紧张，急中生智说：“这是真人！”

她事事都替妈妈辩护。我故意说起有一天夜晚，妈妈没有把床围好，她睡着了，从床上掉下来。我问：“谁干的？”她答：“床。”

她拉臭。妈妈嚷道：“你太臭啦！”她反驳：“我不臭，是臭臭（粪）臭！”

她诉说，嗓子里有痰老咳不出来。我教她：“你假咳一下。”她照办了，然后“啊”了一声。我急问：“出来了吗？”她答：“咳出来一个屁。”说着便笑了。她说的是事实。

她要拉妈妈去户外锻炼。

妈妈说：“我累了，锻炼不动。”

她说：“不让你锻炼。”

妈妈说："我不锻炼，去做什么呀？"

她说："你看着我锻炼，你就是锻炼了，你在心里锻炼。"

红把一块尺寸不合的垫子加到她的小床上，我让撤去了。

她发现了，坚决要求再放上去。

红劝解说："那块垫子太难看了。你看你的小床多漂亮，睡在上面可以讲好的故事。"

她释然了，说："睡那难看的垫子，就会讲坏的故事了。"

我问："什么坏的故事？"

答："全是医生的故事。"（3岁）

作者简介

周国平（1945— ），中国学者、作家，现为中国社会科学院哲学研究所研究员，是中国改革开放后较早研究尼采的学者。他因为翻译尼采的作品而备受关注，他的散文又将他推上了更高的地位。代表作品有学术专著《尼采：在世纪的转折点上》、散文集《守望的距离》、随感集《人与永恒》等。

朗读指导

本文节选自周国平同名书籍《宝贝，宝贝》，这本书是继《妞妞》之后又一部震撼之作。当年的《妞妞》以悲恸感动了无数人；《宝贝，宝贝》则记叙了妞妞的妹妹——啾啾的故事。周国平曾遭遇中年丧女的痛苦，13年后，周国平又一次成为了父亲，从妞妞到啾啾，周国平对于亲情与子女教育的思考发生了极大的转变。

本文记录了小女儿从婴儿到3岁时期的生活趣事和成长经历，突出表现了小女儿与其他同龄的孩子不同，思考问题总是别出心裁，作者将父亲对女儿的爱浸润于字里行间，让读者感受到女儿在他笔下的灵气和可爱，以及一个父亲深沉的爱意。

将这篇充满童趣的小文朗读给长辈，让他们感受生命轮回的欣喜，一起感恩岁月对生命的馈赠。朗读时，语调要轻快，像是给长辈说笑话一样，一起感受生命最纯真的感动。

好妈妈，老妈妈

徐江

这般的时辰黄昏已经到来
这般的时辰道路已经堵塞
紧贴窗玻璃冰凉的面颊
我知道母亲正涉过人流向家走来

呵老妈妈天已经转暗
呵老妈妈我们为何不见你的归来
祖父母在屋内恹恹欲睡
父亲与弟妹谛听门扉
炉火把红光慷慨赠送
呵老妈妈我们为何还不见你的归来

一辆辆街车飞驰
紧贴窗玻璃
我们的鼻子微微振动
雨开始下
要是你死了怎么办

好妈妈
要是你死了怎么办

呵老妈妈天已经全暗
呵老妈妈我们怎不见你的归来
长辈们静候屋内他们想些什么
安详如我们数过多遍的饭桌杯盘
弟、妹的歌声流淌到远方
老妈妈莫不是灾祸降临你已不在

人头涌动斜雨飘飘
好妈妈你发觉自己被车辆碰倒
你紧闭双目承受宁寂
儿女自远方奔来然后肃立嚎啕
呵我们年轻的好妈妈老妈妈
莫非你真要将我们伸出小手甩开

紧接着门扉敞开脚步凌乱
我们的老妈妈站在面前
她说顺路去了某某家
她说谁谁问候父亲请他择日盘桓
她侧身对发呆的孩子笑笑

弯腰替他们擦干双眼

呵我们的好妈妈你回来了我们多高兴
请原谅我们孩童瞬间的谬想
在与魔鬼相搏时我们胜了
我们保护了自己的母亲尽管她不知道
那一刻我们在想我们的好妈妈不能死
她不能死要是她死了我们可怎么办

作者简介

徐江（1967— ），1989年毕业于北京师范大学，从事专栏写作、媒体策划及编辑工作。徐江1987年开始写作，1991年创办《葵》。曾获评“中国当代十大杰出诗人”。著有诗集《杂事与花火》《我斜视》，当代文学史论《启蒙年代的秋千》，随笔集《爱钱的请举手》，长篇小说《苹果姑娘》，批评合集《十作家批判书》等。

朗读指导

黄昏时分，天色渐暗，此时此刻家里人都在等着母亲的归来，而母亲因为临时有事，没能按时回家，在母亲回来之前，诗人描写了家里其他人内心的心理活动，将家人的担忧、焦急表达出来，他们臆想了一场意外的车祸，假设了母亲不在的日子，内心该是何等悲伤，最后母亲回到家中，全家人才喜乐开怀。

这是一首语言直白、感情强烈的赞美诗，诗人巧妙地通过各个人物的内心活动，表达了母亲在一家人心中的重要性。我们每个人都有过等待至亲的经历，因为太过在乎，所以才会有担心。

朗读这首诗给长辈，特别是女性长辈，感谢她曾赐予的生命，以及对生命的呵护，如同岁月的使者，延续着生命的奇迹。

母亲的目光

潘洗尘

一个 17 岁就生下长子的
原本漂亮的女人
随着岁月、辛劳和病痛的磨折
一点一点、一点一点、一点一点地
变老了
变丑了

我 17 岁那年　背负着全家的希望去省城求学
当时那条所谓光宗耀祖之路的代价如下：
举家背负数千元外债
只比我小两岁的妹妹被迫辍学
父亲白天种地　晚上靠自学的木工手艺
给人做家具
最让我难过的
是年仅 34 岁的母亲　看上去已像一个
60 岁的老人
此后的很多年　我都一直怕接到家里的电话

怕电话里传来积劳成疾的母亲
病重的消息

后来的这三十多年里
我反倒觉得母亲的形象
没再有大的变化
虽然身体多病　但因总能得到最及时的治疗
也一直没有大碍
只是　母亲这些年里看我的目光
变得越来越不自信了
不自信的　常常让我觉得她不是在看
自己的儿子
只有当我熟睡时
她才能又像刚生下我时一样
深情地坐在我的床前
有很多次　当我从梦中突然惊醒
都看见母亲　有些惊慌地
移开摸着我额头的手
一边嘴里叨咕着我的大儿子呦
一边默默地离开我的房间

后来我想　母亲之所以能一直拖着

羸弱的病体
熬到七十多岁　可能就是因为
对我这个年过半百却仍独自在外漂泊的儿子
放不下心的缘故吧
或者索性就是母亲
想通过自己面对疾病时的坚强
告诉她的这个也一直病魔缠身的不孝之子：
别怕　疾病算不了什么！

不久前　72 岁的母亲终因体力不支
在和疾病持久地抗争了 50 年之后
在儿女们的陪护下住进了医院
在和死神争分夺秒的日子里
我突然又在母亲苍老的脸上　看到了她
年轻时的目光
从容　自信　坚定
仿佛瞬间就穿透了
七十年岁月的风烟

作者简介

潘洗尘（1963—　），当代诗人。其作品被译为英、法、俄等多种文字，先后出版多部诗集和随笔集，诗作《饮九月初九的酒》《六月我们看海去》等入选普通高中语文课本和大学语文教材。他曾获《绿风》奔马奖、柔刚诗歌奖、《上海文学》奖、《诗潮》最受读者喜爱的诗歌年度金奖、《新世纪诗典》李白诗歌奖成就奖等多种诗歌奖项。

朗读指导

这首诗创作于2016年4月27日，是一首表达对母亲的思念和眷恋的诗。整首诗的主线是母亲的目光的变化，母亲的目光从诗人年少时的坚定和自信，到诗人成年后的胆怯和依恋，是岁月茁壮了儿子，衰老了母亲。诗人半生奔波，母亲唯有在深夜偷偷端详儿子的脸庞，被发现后也只是默默离开。

这首诗体现了母亲对儿子的依恋，传达了儿子对母亲的愧疚，将母子之间那种不可名状的眷恋展现出来。

随着我们慢慢长大，长辈对待我们慢慢变得有些手足无措，他们从一个保护者、呵护者变成一个被保护者和被呵护者，在岁月的更迭中慢慢退出。朗读这首诗给长辈时，要向长辈表达心中的眷恋和对他们美好的祝福。朗读时，语调深沉，体会诗人对母亲深深的歉意。

闹钟散

向以鲜

母亲以红色蘸水钢笔
在方格子作业本上划过
聂家岩的暗夜然后把一只
拳头大小的圆脸闹钟
从板壁上取下握于胸前

熟稔地拧住巧妙的机关
沿着反时针方向旋转几圈儿
并随手关上纸糊的旧木窗
蛙鼓乱击的小学才落下帷幕

天气放晴时，母亲也会在正午
将闹钟置于走廊前
依照青瓦及槐树的晷影
去校正时针和分针的位置
要么向前拨，要么向后拉

闹钟的背面长着几只
时间的旋纽：它们掌握着
快和慢，春与秋
仿佛大地深处探出的小耳朵
撑破比薄暮更薄的玻璃罩

倾听不断退后的炊烟
苍茫的谜语，催促一只猫
冒着必将被母亲惩罚的风险
将嘀嗒作响的尤物衔至阁楼

我试图弄清这部寻常
但充满古典气质与玄学
精神的机械，和晨昏、雨露
以及果实之间的关系

如果拆开甚至毁掉
控制着偏僻之地作息与欢乐的
小家伙，淘气又伤感的暑期
繁星蔽月的流光
会不会戛然而止？

事实上，杀死一只时间的动物
远比杀死一只黄鼠狼，敲开
一颗青核桃要困难得多
当我用剪刀、牙齿和羊角锤

奋力揭下金属的硬壳时
才发现，拆散一部闹钟
等同于拆散一个旧世界
满腔多么复杂又精密的组织啊

齿轮、链子、发条、螺丝、锈蚀
各种各样的高低错落
无法理解的绷紧与松弛
正与反的力量灌注其中
如空明的血液奔流于丘壑

直到今天，我仍记得
深锁的弹簧被打散时的惊惶
那完全就是一条
幽闭的，韬光养晦的蟠龙

急速扩张的金色鳞片

照亮尘封的课本，虽然尚不认识
里面的任何字与词——
我确信那一刻，六岁的孩子
负荆向母亲赎罪的小精灵
已触及致命的秘密

作者简介

向以鲜（1963—　），诗人，学者，四川大学教授，现居于成都。著有《超越江湖的诗人》《唐诗弥撒曲》《观物》《我的孔子》等。他曾获《诗歌报》首届中国探索诗大赛特等奖、天铎（乙未）诗歌奖、纳通国际儒学奖、成都商报中国年度诗人奖等。作品被收入海内外多种诗歌选集，20世纪80年代末，他先后参与创立《王朝》《红旗》《象罔》等民间诗刊。

朗读指导

这首诗创作于2014年。作者在诗中描述了一个顽皮、淘气的孩子在好奇心的驱使下，偷偷拆卸了母亲常用的闹钟。诗中主要体现了当时作者作为一个六岁孩子内心的好奇、冲动，以及对母亲平时严厉的畏惧。

诗人表面上是回忆年少的调皮，实际上表达了对童年时期母亲的深刻记忆。这首诗带着少年清新的气息，让读者穿越时间和空间，回到曾经的童年，想起少年时闯的祸，这些都像是时光里冒出的汩汩泉水，浸润我们枯燥的成年生活。

这首诗适合和长辈一起谈论年少的经历时朗读。朗读时，声音深沉，饱含对过去的追忆。

节日

胡弦

欢乐、喧腾、匆匆的日子。
在老家，我辗转于相邻，和亲戚间。
人忙，心却是定的。
走很远的路去看一个长辈，集市和雪
在窗外摇晃，其实，车子很稳。
或者坐在桌边，和笑闹的孩子们在一起，
享受萦绕在心头的一小片宁静。
多少年月、颜色，凝结成眼前光华，
烟花和酒，仍然是个奇迹。
有人离去，有人出生，似乎
没有比这更好的幸福了：损耗
复满溢，我活在
孤单而又永恒的亲人之爱中。
年初四，过废黄河铁桥，我下车，
看芦苇、灰蒙蒙的天空，和河上的青色薄冰。
从前，我也是河水，冲撞，寻找；现在
更像河道，不断被冲刷，却懂得了
是什么在经过，并值得捧在手中。

作者简介

胡弦（1966— ），诗人，现居南京。出版诗集《寻墨记》《沙漏》，散文集《永远无法返乡的人》等。作品曾获柔刚诗歌奖、闻一多诗歌奖、徐志摩诗歌奖、《诗刊》《十月》《作品》等刊年度诗歌奖、腾讯书院文学奖等。

朗读指导

这首诗写于新春佳节，描述了春节时走亲访友的热闹气氛，表达了诗人享受节日气氛的安逸，以及对人生和自我的思考。

春节是一年结束和新一年开始的交接点。中国人习惯把春节当成年岁的节点，过了春节，年龄就会增加一岁。人到中年的诗人，在这样一个特殊的日子里，不禁对自己的前半生产生感叹。诗人将自己比作河流，从年轻时肆意冲刷的河水，到中年默默守护的河道，变得成熟，更加懂得什么最珍贵。

所谓年年岁岁花相似，岁岁年年人不同。在岁月的更迭中，我们会慢慢变老逝去，新的生命会出现，然后长大。生命在这种更迭中得以延续，世界在交替中得以继续。

这首诗适合在节日里朗读给长辈，和他们共享节日的喜悦，聊聊生命延续的意义。朗读时，语调欢畅，节奏舒缓，体会作者欢喜中对生命和岁月的思索。

夜晚的方向

安琪

我从夜晚清凉的风中提取我需要的元素
我的心在夜晚的寂静中朝着危机闪闪的方向
攀沿，它无限扩大的想象滴着血
先我一步把此时点燃

我从梦中一跃而起
随身携带着父亲复活的呼喊
那边太寂寞了，父亲
但我能把你带往哪里

每个夜晚对我都像牢房
梦见父亲的人在梦中被父亲吓住
睡眠是一扇关不紧的门
我曾尝试着从这里出去。

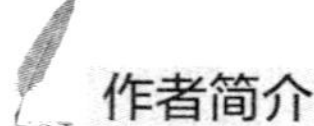

作者简介

安琪（1969— ），本名黄江嫔，中国作家协会会员，新世纪十佳青年女诗人。诗作入选《中国当代文学专题教程》《中国新诗百年大典》《百年中国长诗经典》等。出版有诗集《奔跑的栅栏》《你无法模仿我的生活》《极地之境》及随笔集《女性主义者笔记》等。

朗读指导

这首诗创作于2013年3月9日的凌晨，当时诗人住在鲁迅文学院504房间，她梦到了逝去的父亲，感受到他在梦中的孤独和寂寞，为此，诗人从梦中惊醒，写下这首诗。

诗人说，她的父亲在世时是一个很爱热闹的人。面对梦中父亲的孤独与无奈，作者感到无能为力，并为此心痛和担忧。

这首诗表达了诗人对父亲跨越生死的思念，也传达了长辈没有孩子陪伴的寂寞，诗人也通过这首诗告诫我们，好好陪伴长辈，珍惜在一起的时光。给长辈分享这首诗，表达自己对他们的依赖，以及不能常常陪在身边的歉意。朗读时，语调低沉、悠扬，体会作者对父亲牵肠挂肚的思念。

那些古老的

大解

有两种暗物质比原罪古老：
褪到体外的身影　藏在体内的灵魂

还有一些轻物质同样古老：
呼吸　语言　目光　梦……

再往前追溯　我就会暴露原籍
现出身上的胎记和指纹

最初我是泥的
需要什么　上帝就给我什么

那时的太阳在天上　冒着火苗
后来出现了夜晚　然后有了灯

然后　生死从两端截住我
时间分割了我的命运

那爱我的　一直在给予
那宽恕我的　使我成了罪人

如果褪尽身影能够透明
交出灵魂直到虚心　我愿意

回到起点　睡在神的怀里
或者一再出发　与世界重逢

作者简介

大解（1957—　），原名解文阁，河北青龙县人，1979年毕业于清华大学水利工程系。现居石家庄，就职于河北省作家协会。主要作品有长诗《悲歌》、小说《长歌》、寓言集《傻子寓言》等，他的短篇集《个人史》曾获得第六届鲁迅文学奖。

朗读指导

大解在清华大学读书期间开始发表新诗，随后，他开始大量创作诗歌，他的诗大多关注生命的本质，表达对全人类的关怀。一万六千余行的长诗《悲歌》被评论界称为“东方的创世纪史诗”。诗人与现实世界有很大的疏离感，他认为诗人应该看重文本，不要过于看重奖项。

这首诗创作于2012年11月9日，作者借这首诗来歌颂造物主，歌颂生命的延续。人的单个生命是有限的，却通过造物主的力量，达到永恒。诗人通过这首诗表达了对造物主的感恩，表达了对每一个承载生命的肉体和灵魂的敬意。

诗人说，长辈也是生命传递的载体，也是值得歌颂的生命之一。朗诵这首诗给长辈，对他们所传递的生命表示感谢。朗读时，语调深沉、严肃，体会作者对生命本质的思考。

来生缘

韩文戈

刚端来的这盘醋溜土豆丝
竟有浓浓的故乡味
是我那喂马、套车、手扶犁铧的父亲
最喜欢的一道菜
那盆柴鸡炖松蘑，里边有细长的粉条
和碧绿的芫荽
像西关山上，雨后松林里的蘑菇
这是在河滩翻晒干草、在晴朗的下午
挑选豆种的母亲
最爱吃的一道菜
要是他们都还在该有多好
我会把他们叫过来
在上首坐下，一家人一同进食
像从前一样，我们闲聊
会提到槐树下的老马、庄稼地的墒情
提到洪水退去后的沙滩，盛夏金黄的沙子上
升起一缕缕隐秘的烈焰

作者简介

韩文戈（1964— ），河北丰润人，诗人，现居石家庄。1982年开始诗歌写作并发表第一首诗，已出版诗集《吉祥的村庄》《渐渐远去的夏天》《晴空下》，得奖若干，习诗至今。

朗读指导

《来生缘》是一首对父母表达追思的诗，诗人通过对两盘父母爱吃的家常菜的叙述，形象地刻画出父母两人的朴实和勤劳，抒发了对父母深深的思念。

“要是他们都还在该有多好”，这是对父母深深眷恋的感叹。诗人想象着一家人在一起吃饭、聊天的场景，那种温暖、隽永的画面是诗人心中的天堂。

父母与子女之间的牵绊是一件件的小事，是丝丝缕缕的记忆，是看不见摸不着的精神传承，是实实在在的血脉流淌。

关怀的动人之处在于细节，细节源于在乎。朗诵这首诗给长辈，做一桌他们喜欢的家常菜。朗读时，节奏缓慢，语调悠扬，体会诗人对家人团聚的渴望。

眼看着玫瑰……——给病中的母亲

李南

眼看着玫瑰的干枝，在你枕边
耗尽了水分。妈妈
你曾经润泽的脸
在病榻上转暗、转暗。
妈妈，我是多么的惧怕！
你抛下我们，独自转身
奔赴另一个地方……
你的慈爱
长久地隐蔽在叶片之间
你的沧桑
却是我无法追赶的星阵
妈妈，你一生都在做一件事情——
让我们弯曲的道路
变直。

作者简介

李南（1964—　），1983年开始写诗，知名女诗人。出版《时间松开了手》等几部诗集，曾获得昌耀诗歌奖等，作品被收入国内外多种选本。现居河北石家庄市。

朗读指导

这首诗是作者在母亲突发心脏病住院时创作的，是对母亲深深的祈祷，也表达了母亲在自己生命中的重要。

母亲在病床上不能微笑，不能说话，给作者带来极大的震撼。作者看着母亲病床前慢慢枯萎的花，对母亲病中的憔悴与脆弱，感到极度心痛和担心。

在这种生死攸关的时刻，作者回想母亲的慈爱，回想她的一生，想到她为自己所做的一切，不由潸然泪下，于是，就有了这首诗。

将这首诗读给长辈，向他们传递心中的依恋，让他们感受到自己的重要性。朗读时，语调悠扬，节奏放缓，体会诗人对母亲的不舍和热爱。

沐礼

昌耀

他是待娶的“新娘”了！
在这良宵
为了那个老人临终的嘱托，
为了爱的最后之媾合，
他倚立在红毡毯。
一个牧羊妇捧起熏沐的香炉
蹲伏在他的足边，
轻轻朝他吹去圣洁的
柏烟。
一切无情。
一切含情。
慧眼
正宁静地审度
他微妙的内心。
心旆摇荡。
窗隙里，徐徐飘过
三十多个折福的除夕。……

烛台遥远了。
迎面而来——
他看到喜马拉雅丛林
燃起一团光明的瀑雨。
而在这虚照之中潜行
是万千条挽动经轮的纤绳……
他回答：
——“我理解。
我亦情愿。”
迎亲的使者
已将他搀上披红的征鞍，
一路穿越高山冰坂，和
激流的峡谷。
吉庆的火堆
也已为他在日出之前点燃。
在这处石砌的门楼他翻身下马
踏稳那一方
特为他投来的羊皮。
就从这坚实的舟辑，
怀着对一切偏见的憎恶
和对美与善的盟誓，
他毅然跃过了门前守护神狞厉的火舌。

……然后
才是豪饮的金盏。
是燃烧的水。
是花堂的酥油灯。

作者简介

昌耀（1936—2000），原名王昌耀，诗人，新边塞派诗人代表。他于20世纪50年代参加中国人民解放军，并赴朝鲜参加抗美援朝，受伤后回国治疗，其间开始发表诗歌，后来一直定居于青海，歌颂西部精神。代表作有《慈航》《意绪》等。

朗读指导

身为新边塞诗派的代表，昌耀的诗蕴含着深厚的历史感和生命感。他的诗语笼罩着一种阳刚、阔达的气质，凸显着鲜明的西部特色。

《沐礼》是一首向大自然致敬的诗，有关信仰，有关生命。作者在诗中将自己比作待娶的“新娘”，表达自己的重生和开始。全诗以整个沐礼的过程作为主线，描绘了一幅令人感动的、万物和谐的壮丽画面，表达了诗人对大自然赐予重生的感动。画面描述得非常宏大，超越现实，将读者引向一种高远、澄澈的精神境界。

将这首诗读给长辈，和他们一起探讨信仰和恩赐的话题。这是生命与灵魂的对话，一定要选一个时间充裕的周末。朗读时，声调低沉，节奏缓慢，体会诗人对生命的尊重和大自然的热爱。

众神的宠偶

昌耀

这微笑
是我缥缈的哈达
寄给天地交合的夹角
生命傲然的船桅。
寄给灵魂的保姆。
寄给你——
草原的小母亲。
此刻
星光客曲
又从寰宇
向我激发出
有如儿童肤体的乳香；
黎明的花枝
为我在欢快中张扬，
破译出那泥土绝密的哑语。
你哟，踮起赤裸的足尖
正把奶渣晾晒在高台。

靠近你肩头，
婴儿的内衣在门前的细丝
以旗帜的亢奋
解说万古的箴言。
墙壁贴满的牛粪饼块
是你手制的象形字模。
轻轻摘下这迷人的辞藻，
你回身交给归来的郎君，
托他送往灶坑去库藏。
（我看到你忽闪的睫毛
似同稷麦含笑之芒针；
我记得你冷凝的沉默曾
是电极触发之弧光。）
那个夜晚，正是他
向你贸然走去。
向着你贞洁的妙龄，
向着你梦求的摇篮，
向着你心甘的苦果……
带着不可更改的渴望或哀悼，
他比死亡更无畏——
他走向彼岸，

走向你
众神的宠偶！

朗读指导

在中国当代文坛上，昌耀是以汉族人的身份去歌颂西藏壮美的少数诗人之一，也是一个能在苦难中找到美感的圣者，以受惠者的身份向高原发出由衷的赞美。

《众神的宠偶》是一首歌颂草原母爱和生命的诗，草原上的小母亲是众神的宠偶，她被青藏高原的神灵庇佑，给草原带来源源不断的生命，传递草原世世代代的爱的密码。作者在诗中描述草原的辽阔和母亲的细腻，凸显出母爱和生命在辽阔草原的重要。

这首诗适合朗读给女性长辈，在寂静的夜晚，一起慵懒地躺在沙发上，用轻柔的语调朗读，向她们表达心中的感激和热爱，跟她们聊过去的岁月。

秋夜

鲁迅

在我的后园，可以看见墙外有两株树，一株是枣树，还有一株也是枣树。

这上面的夜的天空，奇怪而高，我生平没有见过这样奇怪而高的天空。他仿佛要离开人间而去，使人们仰面不再看见。然而现在却非常之蓝，闪闪地䀹着几十个星星的眼，冷眼。他的口角上现出微笑，似乎自以为大有深意，而将繁霜洒在我的园里的野花草上。

我不知道那些花草真叫什么名字，人们叫他们什么名字。我记得有一种开过极细小的粉红花，现在还开着，但是更极细小了，她在冷的夜气中，瑟缩地做梦，梦见春的到来，梦见秋的到来，梦见瘦的诗人将眼泪擦在她最末的花瓣上，告诉她秋虽然来，冬虽然来，而此后接着还是春，胡蝶乱飞，蜜蜂都唱起春词来了。她于是一笑，虽然颜色冻得红惨惨地，仍然瑟缩着。

枣树，他们简直落尽了叶子。先前，还有一两个孩子来打他们别人打剩的枣子，现在是一个也不剩了，连叶子也落尽了。他知道小粉红花的梦，秋后要有春；他也知道落叶的梦，春后还是秋。他简直落尽叶子，单剩干子，然而脱了当初满树是果实和叶子时候的弧形，欠伸得很舒服。但是，有几枝还低亚着，护定他从打枣的竿梢所得的皮伤，而最直最长的几枝，却已默默地铁似的直刺着奇怪而高的天空，使天空闪闪地鬼䀹眼；直刺着天空中圆满的月亮，使月亮窘得发白。

鬼䀹眼的天空越加非常之蓝，不安了，仿佛想离去人间，避开枣树，只将月亮剩下。然而月亮也暗暗地躲到东边去了。而一无所有的干子，却仍然默默地铁似的直刺着奇怪而高的天空，一意要制他的死命，不管他各式各样地䀹着许多蛊惑的眼睛。

哇的一声，夜游的恶鸟飞过了。

我忽而听到夜半的笑声，吃吃地，似乎不愿意惊动睡着的人，然而四围的空气都应和着笑。夜半，没有别的人，我即刻听出这声音就在我嘴里，我也即刻被这笑声所驱逐，回进自己的房。灯火的带子也即刻被我旋高了。

后窗的玻璃上丁丁地响，还有许多小飞虫乱撞。不多久，几个进来了，许是从窗纸的破孔进来的。他们一进来，又在玻璃的灯罩上撞得丁丁地响。一个从上面撞进去了，他于是遇到火，而且我以为这火是真的。两三个却休息在灯的纸罩上喘气。那罩是昨晚新换的罩，雪白的纸，折出波浪纹的叠痕，一角还画出一枝猩红色的栀子。

猩红的栀子开花时，枣树又要做小粉红花的梦，青葱地弯成弧形了……我又听到夜半的笑声；我赶紧砍断我的心绪，看那老在白纸罩上的小青虫，头大尾小，向日葵子似的，只有半粒小麦那么大，遍身的颜色苍翠得可爱，可怜。

我打一个呵欠，点起一支纸烟，喷出烟来，对着灯默默地敬奠这些苍翠精致的英雄们。

作者简介

鲁迅（1881—1936），原名周树人，浙江绍兴人，文学家、思想家、革命家和教育家，是中国现代文学的奠基人，也是新文化运动的主要参与者之一。他曾东渡日本学医，受当时社会环境影响，弃医从文，希望以笔为刀，改变国民之精神。代表作品有小说集《呐喊》《彷徨》，论文集《坟》，散文诗集《野草》《朝花夕拾》，杂文集《热风》《华盖集》等。

朗读指导

本文创作于1924年，是一首叙事兼抒情的散文诗。文章对园中的两棵枣树、天空、粉红色的小花等一系列自然事物，进行了生动而细致的描绘。

鲁迅是中国文坛史上极具革命情怀的文学家，在当时，他的作品大多具有革命主义精神。这篇文章运用了象征主义的手法，赋予天空、枣树、小花等景物不同类型的人物角色，暗示当时的社会背景。“奇怪而高的天空”指的是当时社会的恶势力，而“两棵枣树”代表的则是反抗恶势力的主流，“粉红色的小花”指的是社会的弱者、大多数的普通民众，“春的到来”是作者对美好未来的憧憬，希望能消灭恶势力，迎来幸福、和平的生活。

这篇文章适合在夏夜和长辈一起分享，感受一代文学巨匠穿越时空的文字力量，与长辈谈论那段灰暗的中国近代史。朗读时，语调严肃，带着一股清冷的意味，感受当时万马齐喑的社会现实。

野草

鲁迅

当我沉默着的时候，我觉得充实；我将开口，同时感到空虚。

过去的生命已经死亡。我对于这死亡有大欢喜，因为我借此知道它曾经存活。死亡的生命已经朽腐。我对于这朽腐有大欢喜，因为我借此知道它还非空虚。

生命的泥委弃在地面上，不生乔木，只生野草，这是我的罪过。

野草，根本不深，花叶不美，然而吸取露，吸取水，吸取陈死人的血和肉，各各夺取它的生存。当生存时，还是将遭践踏，将遭删刈，直至于死亡而朽腐。

但我坦然，欣然。我将大笑，我将歌唱。

我自爱我的野草，但我憎恶这以野草作装饰的地面。

地火在地下运行，奔突；熔岩一旦喷出，将烧尽一切野草，以及乔木，于是并且无可朽腐。

但我坦然，欣然。我将大笑，我将歌唱。

天地有如此静穆，我不能大笑而且歌唱。天地即不如此静穆，我或者也将不能。我以这一丛野草，在明与暗，生与死，过去与未来之际，献于友与仇，人与兽，爱者与不爱者之前作证。

为我自己，为友与仇，人与兽，爱者与不爱者，我希望这野草的朽腐，火速到来。要不然，我先就未曾生存，这实在比死亡与朽腐更其不幸。

去罢，野草，连着我的题辞！

一九二七年四月二十六日

朗读指导

鲁迅先生的这篇散文创作于 1927 年，是诗人发自灵魂的呐喊。20 世纪 20 年代，北京正值北洋军阀的统治下，作者处于极度苦闷的心情中，整个人都很颓废，但是心中依然充满对理想世界的追求。这篇文章是从他灵魂深处流淌出来的发声之作，是他与黑暗力量做“心灵斗争的记录”。

文章的语言或激越，或温润，带着极强的生命力，充满了斗士般的坚韧和不屈，是作者对自己心志的真实写照。

这篇激励了几代人的散文，很适合和长辈分享，和他们一起回味曾经激荡的青春年代。朗读时，声音高亢，情感激昂，体会作者强大的生命力。

萤

靳以

郁闷的无月夜，不知名的花的香更浓了，炎热也愈难耐了；千千万万的萤火在黑暗的海中漂浮着。那像亮在泡沫的尖顶的一点雪白的水花，也像是照映在海面上群星的身影。我仰起头来，天上果真就嵌满了星星，都在闪着，星是天间的萤的身影呢，还是萤是地上的星的身影？但是它们都发着光，虽然很微细，却也为夜行人照亮眼前的路。路是很平坦，入了夜，该是毒物的世界，不是曾经看见过一尾赤练蛇横在路的中央么？它不一定要等待人们去侵犯它才张口来咬的，它就是等在那里，遇到什么生物也不放过，它是依靠吞噬他人的生命才得生存的。

可是萤却高高低低浮在空中，不但为人照亮了路边的深坑，也为人照出偃卧的毒蛇，使过路人知所趋避。群星在天上，也用忧愁而关心的眼睛望着，它自知是发光的，就更把眼睁大了（因为疲倦，所以不得不一眨一眨的），它恨不得大声喊出来，告诉人们："在地上，夜是精灵的世界，回到你们的家中去吧，等待太阳出来再继续你们的行程。"可是它没有声音，因为风静止着，森林也得守着他们的沉默。田间的水流，也因为干涸，停止它们的潺潺了。在地上，在黯黑的夜里，只有蛙发着噪聒的鸣叫，那是使人觉得郁热更其难耐，黑夜更其无边的。守在路中的蛇也在嘶嘶地叫着，怕也因为没有猎取物而感到不耐吧？它也许意识到萤火对它是不利的，便高昂起头来，想用那吞吐的毒舌吸取一只两只；可是可爱的萤火，早自飞到更高处去了。向上看，那毒蛇才又看到天上闪烁着那么多发光的眼睛，一切光，原来都是使人类幸福的，它就不得不颓然又垂下头，扭着那斑驳的身躯，不情愿地回到自己的洞穴中去了。

那成千成万的萤火虫，却一直愉快地飘着，向上飞在高空中，它的光显得细弱了，它还是落到地上来。落在树枝上，使人们看到肥大的绿叶间还有一丛丛的花朵，那香气该是它们发散出来的吧？落在路边的草上，映出那细瘦的叶尖，和那上面栖息着的一只小甲虫：落在老人的胡须上，孩子更会稚气地叫着："看，胡子像烟斗似地烧起来了，一亮一亮的。"落在骄傲的孩子的发际，她就便得意地说："看我头上簪了星星！"

它们就是这样成夜地忙碌着，在黯黑的世界中穿行；当着太阳的光重复来到大地，它们就和天际的星星互相道着辛苦隐下去了，等待黯夜复来的时候再为人类献出它们微弱的光辉。

作者简介

靳以（1909—1959），现代著名文学家，《收获》创刊人。靳以毕业于上海复旦大学，曾任复旦大学教授。

其作品多反映知识分子和小市民的生活，也描写男女的爱情故事。20 世纪 40 年代，在国民党破坏抗战的影响下，其作品中出现革命的倾向。新中国成立后，他积极投身于祖国的文化建设中，一生共有各种著作 30 余部，1959 年因心脏病发作逝世，享年 50 岁。

朗读指导

20 世纪 40 年代，作者看到了国民党破坏抗战的丑恶行径，他的思想发生了翻天覆地的变化，于是后期很多作品都具有积极的革命精神。

这篇文章的萤火虫和星星代表光明和正义，它们为革命事业指明了方向；路上的毒蛇和沟沟坎坎指的是当时反革命的敌人们。虽然萤火虫很小，但是其光亮却为前进的路保驾护航，天上的星星为了最终的胜利和人们共有的幸福，会不辞辛苦照亮前程。这是一种隐忍的品质，又是一种无私奉献、不屈不挠的精神，本文寄托了作者的革命情结。

这是一篇借物言志的文章，适合与长辈一起探索人生志向，朗读时，语调高昂，饱含热情和力量，体会作者心中那股不灭的力量。

书

朱湘

拿起一本书来，先不必研究它的内容，只是它的外形，就已经很够我们赏鉴的了。

那眼睛看来最舒服的黄色毛边纸，单是纸色已经在我们的心目中引起一种幻觉，令我们以为这书是一个逃免了时间之摧残的遗民。他所以能幸免而来与我们相见的这段历史的本身，就已经是一本书，值得我们思索、感叹，更不需提起它的内含的真或美了。

还有那一个个正方的形状，美丽的单字，每个字的构成，都是一首诗；每个字的沿革，都是一部历史。飙是猎犬风一般快地驰过，嗅着受伤之兽在草中滴下的血腥，顺了方向追去，听到枯草飒索地响，有如秋风卷过去一般。昏是婚的古字：在太阳下了山，对面不见人的时候，有一群人骑着马，擎着红光闪闪的火把,悄悄向一个人家走近。等到了竹篱柴门之旁的时候，在狗吠声中，趁着门还未闭，一声喊齐拥而入，让新郎从打麦场上挟起惊呼的新娘打马而回。同来的人则抵挡着新娘的父兄，作个不打不成交的亲家。

印书的字体有许多种：宋体挺秀有如柳字，麻沙体夭矫有如欧字，书法体娟秀有如褚字，楷体端方有如颜字。楷体是最常见的了。这里面又分出许多不同的种类：一种是通行的正方体；还有一种是窄长的楷体，棱角最显；一种是扁短的楷体，浑厚颇有古风。还有写的书：或全体楷体，或半楷体，它们不单看来有一种密切的感觉，并且有时有古代的写本，很足以考证今本的印误，以及文字的假借。

如果在你面前的是一本旧书，则开章第一篇你便将看见许多朱色的印章，有的是雅号，有的是姓名。在这些姓名别号之中，你说不定可以发现古代的收藏家或是名倾一世的文人，那时候你便可以让幻想驰骋于这朱红的方场之中，构成许多飘渺的空中楼阁来。还有那些朱圈，有的圈得豪放，有的圈得森严，你可以就它们的姿态，以及它们的位置，悬想出读这本书的人是一个少年，还是老人；是一个放荡不羁的才子，还是老成持重的儒者。你也能借此揣摩出这主人翁的命运：他的书何以流散到了人间？是子孙不肖，将他舍弃了？是遭兵逃反，被一班庸奴偷窃出了他的藏书楼？还是运气不好，家道中衰，自己将它售卖了，来填偿债务，或是支持家庭？书的旧主人是这样。我呢？我这书的今主人呢？他当时对着雕花的端砚，拿起新发的朱笔，在清淡的炉香气息中，圈点这本他心爱的书，那时候，他是绝想不到这本书的未来命运。他自己的未来命运，是个怎样的结局；正如这现在读着这本书的我，不能知道我未来的命运将要如何一般。

更进一层，让我们来想像那作书人的命运：他的悲哀，他的失望，无一不自然地流露在这本书的字里行间。让我们读的时候，时而跟着他啼，时而为他扼腕叹息。要是不幸上再加上不幸，遇到秦始皇或是董卓，将他一生心血呕成的文章，一把火烧为乌有，或是像《金瓶梅》《红楼梦》《水浒》一般命运，被浅见者标作禁书，那更是多么可惜的事情啊！

天下事真是不如意的多。不讲别的，只说书这件东西，它是再与世无争也没有的了，也都要受这种厄运的摧残。至于那琉璃一般脆弱的美人，白鹤一般兀傲的文士，他们的遭忌更是不言可喻了。试想含意未伸的文人，他们在不得意时，有的樵采，有的放牛，不仅无异于庸人，并且备受家人或主子的轻蔑与凌辱；然而他们天生得性格倔强，世俗越对他白眼，他却越有精神。他们有的把柴挑在背后，拿书在手里读；有的骑在牛背上，将书挂在牛角上读；有的在蚊声如雷的夏夜，囊了萤照着书读；有的在寒风冻指的冬夜，拿了书映着雪读。然而时光是不等人的，等到他们学问已成的时候，眼光是早已花了，头发是早已白了，只是在他们的头额上新添加了一些深而长的皱纹。

咳！不如趁着眼睛还清朗，鬓发尚未成霜，多读一读“人生”这本书罢！

作者简介

朱湘（1904—1933），字子沅，中国现代诗人。曾入清华大学求学，其间被称为“清华四子”之一，1922发表新诗，此后专心诗歌创作和翻译。他曾在美国留学两年，先后在各个大学学习英国文学等课程，回国后，生活动荡，家庭不睦，其间曾于国立安徽大学（现安徽师范大学）任教，却始终郁郁不得志。1933年，他在上海到南京的客轮上，跳水而亡。

朗读指导

朱湘的生命只有短短的29年，但是他却在文学界写出属于自己的精彩一笔。他曾留学美国，攻读文学。所以，他的中文和英文的造诣都极高。

这篇文章描写的对象是“书”，一般关于“书”的文章大多都以书的内容为切入点，谈读书的心得、感受及方法，而这篇文章则是对书的外形展开层层递进的描述，探讨了书的历史和文化内涵。

作者借“书”来抒发自己的人生态度，借此来表达对文人的命运的悲悯和思考。作者自尊意识极强，为人耿直，有很多不可冒犯的底线，所以他在生活中一再受挫，最后竟然跳江而亡。

这篇指向作者人生态度的文章适合与长者一起分享，在人生的这本书里，他们比我们读得更多，也读得更透彻。朗读时，声音铿锵有力，节奏正常即可。

囚绿记

陆蠡

这是去年夏间的事情。

我住在北平的一家公寓里。我占据着高广不过一丈的小房间，砖铺的潮湿的地面，纸糊的墙壁和天花板，两扇木格子嵌玻璃的窗，窗上有很灵巧的纸卷帘，这在南方是少见的。

窗是朝东的。北方的夏季天亮得快，早晨五点钟左右太阳便照进我的小屋，把可畏的光线射个满室，直到十一点半才退出，令人感到炎热，这公寓里还有几间空房子，我原有选择的自由的，但我终于选定了这朝东房间，我怀着喜悦而满足的心情占有它，那是有一个小小理由。

这房间靠南的墙壁上，有一个小圆窗，直径一尺左右。窗是圆的，却嵌着一块六角形的玻璃，并且左下角是打碎了，留下一个大孔隙，手可以随意伸进伸出。圆窗外面长着常春藤。当太阳照过它繁密的枝叶，透到我房里来的时候，便有一片绿影。我便是欢喜这片绿影才选定这房间的。当公寓里的伙计替我提了随身小提箱，领我到这房间来的时候，我瞥见这绿影，感觉到一种喜悦，便毫不犹豫地决定下来，这样了截爽直使公寓里伙计都惊奇了。

绿色是多宝贵的啊！它是生命，它是希望，它是慰安，它是快乐。我怀念着绿色把我的心等焦了。我欢喜看水白，我欢喜看草绿。我疲累于灰暗的都市的天空，和黄漠的平原，我怀念着绿色，如同涸辙的鱼盼等着雨水！我急不暇择的心情即使一枝之绿也视同至宝。当我在这小房中安顿下来，我移徙小台子到圆窗下，让我的面朝墙壁和小窗。门虽是常开着，可没人来打扰我,因为在这古城中我是孤独而陌生。但我并不感到孤独。我忘记了困倦的旅程和已往的许多不快的记忆。我望着这小圆洞，绿叶和我对语。我了解自然无声的语言，正如它了解我的语言一样。

我快活地坐在我的窗前。度过了一个月，两个月，我留恋于这片绿色。我开始了解渡越沙漠者望见绿洲的欢喜，我开始了解航海的冒险家望见海面漂来花草的茎叶的欢喜。人是在自然中生长的，绿是自然的颜色。

我天天望着窗口常春藤的生长。看它怎样伸开柔软的卷须，攀住一根缘引它的绳索，或一茎枯枝；看它怎样舒开折叠着的嫩叶，渐渐变青，渐渐变老，我细细观赏它纤细的脉络，嫩芽，我以揠苗助长的心情，巴不得它长得快，长得茂绿。下雨的时候，我爱它淅沥的声音，婆娑的摆舞。

忽然有一种自私的念头触动了我。我从破碎的窗口伸出手去，把两枝浆液丰富的柔条牵进我的屋子里来，教它伸长到我的书案上，让绿色和我更接近，更亲密。我拿绿色来装饰我这简陋的房间，装饰我过于抑郁的心情。我要借绿色来比喻葱茏的爱和幸福，我要借绿色来比喻猗郁的年华。我囚住这绿色如同幽囚一只小鸟，要它为我作无声的歌唱。

绿的枝条悬垂在我的案前了，它依旧伸长，依旧攀缘，依旧舒放，并且比在外边长得更快。我好像发现了一种“生的欢喜”，超过了任何种的喜悦。从前我有个时候，住在乡间的一所草屋里，地面是新铺的泥土，未除净的草根在我的床下茁出嫩绿的芽苗，蕈菌在地角上生长，我不忍加以剪除。后来一个友人一边说一边笑，替我拔去这些野草，我心里还引为可惜，倒怪他多事似的。

可是每天在早晨，我起来观看这被幽囚的“绿友”时，它的尖端总朝着窗外的方向。甚至于一枚细叶，一茎卷须，都朝原来的方向。植物是多固执啊！它不了解我对它的爱抚，我对它的善意。我为了这永远向着阳光生长的植物不快，因为它损害了我的自尊心。可是我囚系住它，仍旧让柔弱的枝叶垂在我的案前。

它渐渐失去了青苍的颜色，变成柔绿，变成嫩黄，枝条变成细瘦，变成娇弱，好像病了的孩子。我渐渐不能原谅我自己的过失，把天空底下的植物移锁到暗黑的室内；我渐渐为这病损的枝叶可怜，虽则我恼怒它的固执，无亲热，我仍旧不放走它。魔念在我心中生长了。

我原是打算七月尾就回南去的。我计算着我的归期，计算这“绿囚”出牢的日子。在我离开的时候，便是它恢复自由的时候。

芦沟桥事件发生了。担心我的朋友电催我赶速南归。我不得不变更我的计划，在七月中旬，不能再留连于烽烟四逼中的旧都，火车已经断了数天，我每日须得留心开车的消息。终于在一天早晨候到了。临行时我珍重地开释了这永不屈服于黑暗的囚人。我把瘦黄的枝叶放在原来的位置上，向它致诚意的祝福，愿它繁茂苍绿。

离开北平一年了。我怀念着我的圆窗和绿友。有一天，得重和它们见面的时候，会和我面生么？

作者简介

陆蠡（1908—1942），现代散文家、革命家、翻译家，著有散文集《海星》《囚绿记》等，曾翻译《罗亭》《鲁滨逊漂流记》和《希腊神话》等著作。陆蠡善于挖掘生活细节中的人生哲理，其文学作品感情深沉、诚挚动人。巴金评价其为人真诚，文如其人。1942 年，陆蠡被日寇杀害，后被追认为革命烈士。

朗读指导

作者创作这篇散文时正是祖国抗战前期，1939 年的中国大地遭受着外侵势力的凌辱，也包括作者所处的城市——上海和北平。

这篇散文描写了作者在北平的住所窗外的一株常春藤，作者因为酷爱绿色，将它亲昵地比喻成“绿友”。由于过于喜爱绿色，作者将常春藤囚系在他的房间内，但是，常春藤竟然往阳光的方向顽强生长，由此，作者想到不屈不挠、追求光明的中华民族，它在列强的夹缝中生存，像常春藤一般，即使被压迫、束缚，依然力求奋发，勇向光明。常春藤象征着希望，这篇文章也表达了作者对祖国最深切的爱意。与长辈一起分享这篇散文，在和平的年代里，一起回望战火纷飞的时代，感受仁人志士对祖国的满腔热血！

新的故乡

冯至

新的故乡
灿烂的银花
在晴朗的天空飘散；
金黄的阳光
把屋顶树枝染遍。

驯美的白鸽儿
来自什么地方？
它们引我翘望着
一个新的故乡：

汪洋的大海，
浓绿的森林，
故乡的朋友，
都在那里歌吟。

这里一切安眠

在春暖的被里，
我但愿向着
新的故乡飞去！

作者简介

冯至（1905—1993），原名冯承植，字君培，诗人、教育家、翻译家。1921 年考入北京大学预科，开始新诗创作，1927 年出版了第一部诗集《昨日之歌》，曾赴德国留学，研治文学和哲学，获德国海德堡大学哲学博士学位。回国后，任教于同济大学，1939 至 1946 年任昆明西南联合大学外文系德语教授，随后历任北京大学教授、西语系主任，代表作品有诗集《十四行集》、译作集《海涅诗选》等。

朗读指导

这篇文章原载 1923 年 12 月的《浅草》，题为《归去》，为组诗《残余的酒》中的一首。初收于《昨日之歌》；收入《冯至诗文选集》时，做了少许改动，并改名为《新的故乡》。

整首诗诗句铿锵悦耳，朴实无华。诗人对“新的故乡”进行了描述：灿烂的银花，晴朗的天空，金色的阳光，浓绿的森林，汪洋的大海。这一切都是作者对“新的故乡”的美好憧憬，表达了作者对美好生活的无限向往。

整首诗格调积极向上，节奏明快，读了这首诗，我们能收获到愉悦的心情，同时还能感受到未来生活的美好。这首诗传达出诗人想要开始新生活的美好憧憬，是对原有生活的希冀，也是在告诉我们，对待生活，我们应该抱着热爱的态度。

在思念故乡，或者回到故乡的时候，给长辈朗读这首诗，和他们一起憧憬未来生活的美好。朗读时，在声音里注满热情，让人感受到如夏日般的热烈。

陋室铭

刘禹锡

山不在高，
有仙则名。
水不在深，
有龙则灵。
斯是陋室，
惟吾德馨。
苔痕上阶绿，
草色入帘青。
谈笑有鸿儒，
往来无白丁。
可以调素琴，阅金经。
无丝竹之乱耳，
无案牍之劳形。
南阳诸葛庐，
西蜀子云亭。
孔子云：何陋之有？

作者简介

刘禹锡（772—842），字梦得，唐代文学家、哲学家，有“诗豪”之称。刘禹锡诗文俱佳，涉猎题材广泛，与柳宗元并称“刘柳”，与韦应物、白居易合称“三杰”，并与白居易合称“刘白”，代表诗作有《陋室铭》《乌衣巷》，哲学代表作《天论》。

朗读指导

刘禹锡是中唐诗人，“陋室”是他书房的名字，这篇文章创作于他得罪权贵被贬后。他被贬到一个县去做通判，当地州县故意为难他，给他安排了很简陋的房间，但是他并不为此抱怨和生气，知县见他自得其乐，竟然在半年的时间内，一次次让他搬家，最后竟然给他安排了一间斗室。刘禹锡愤然写下这一名篇，让柳公权刻在石碑上，立于自己的斗室旁边，表达自己超然于物质之外的精神境界。

这首诗被收录在了《全唐文》，千年来，被广为流传，成为作者的代表作之一。该诗表达了诗人不与世俗为伍、不随波逐流的人生观、价值观，向世人展现了情趣高雅、超凡脱俗的做人态度。和长辈一起分享这一明志的千古名篇，朗读完，向长辈讨教做人的道理。

珍贵的人生

泰戈尔

死亡有朝一日降落两眼，
巡察的完结不可避免，
好比黑夜必然消逝，
黎明又在苏醒的大地升起。
家庭游戏在喧嚷中进行，
千家万户消度苦乐的光阴。
想到此，我不禁饶有兴致
放眼浩渺无际的天地；
映入眼帘的无一物渺小，
可观的一切皆为珍宝。
珍贵呵，最不起眼的所在，
珍贵呵，处境最惨的人才。
获得的，未得的，骈肩并存，
以为微贱而未索的，也请馈赠。

作者简介

泰戈尔（1861—1941），印度诗人、作家、艺术家和社会活动家，诺贝尔文学奖亚洲获得者第一人。他从小生活在一个艺术修养极高的家庭，13岁时便能创作诗歌。泰戈尔的一生共创作出50多部诗集，因此被印度人民称为“诗圣”。此外他的著作中还包含中长篇小说、短篇小说、剧本等，同时他在绘画方面也具有一定天赋。

朗读指导

人生中最珍贵的是什么？是泰戈尔笔下的信任、是珍惜、是理解、是一种牵挂。牵挂是人类最珍贵的情感，它是连接人与人之间情感的纽带。人生的道路上，有多少人是我们所牵挂的？远在他乡的父母、昔日的同窗好友、朝夕相伴的朋友，这种牵挂便是一种思念。

当孩子外出工作、学习时，父母会牵挂孩子是否按时吃饭、是否穿得暖、是否开心……不管我们的身份是父母、孩子，还是爱人、朋友，要珍惜这样的情怀，不要忘记我们人生中最珍贵的东西。

和长辈分享这首诗，向长辈表达自己的珍惜之意。朗读时，字字句句地斟酌，体会诗人所指的珍贵人生。

CHAPTER 3

第三辑

你是我今生温暖的一首歌

我的母亲

蔡元培

我母亲素有胃疾，到这一年（1885 年），痛得很剧，医生总说是肝气，服药亦未见效。我记得少时听长辈说：我祖母曾大病一次，七叔父秘密刲臂肉一片，和药以进，祖母服之而愈，相传可延寿十二年云云。我想母亲病得不得了，我要试一试这个法子，于是把左臂上的肉割了一小片，放在药罐里面，母亲的药，本来是我煎的，所以没有别的人知道了。后来左臂的用力与右臂不平均，给我大哥看出，全家的人都知道了。大家都希望我母亲可以延年，但是下一年，我母亲竟去世了。当弥留时，我三弟元坚，又割臂肉一片，和药以进，终于无效。我家还有一种迷信，说刲臂事必须给服药人知道，若不知道，灵魂见阎王时，阎王问是否吃过人肉，一定说没有吃过，那就算犯了欺诳的罪。所以我母亲弥留时，我四叔母特地把三弟刲臂告知，不管我母亲是否尚能听懂。

一八八六年正月廿二日，我母亲病故，年五十岁。我母亲是精明而又慈爱的，我所受的母教比父教为多，因父亲去世时，我年纪还小。我本有姊妹三人，兄弟三人，大姊、大哥、三弟、三妹面椭圆，肤白，类母亲。二姊、四弟与我，面方，肤黄，类父亲。就是七人中第一、第三、第五、第七（奇数）类母，第二、第四、第六（偶数）类父。但大姊十九岁去世，二姊十八岁去世，四弟六岁殇，七妹二岁殇。所以受母教的时期，大哥、三弟与我三个人最长久。我母亲最慎于言语，将见一亲友，必先揣度彼将怎样说，我将怎样对。别后，又追想他是这样说，我是这样对，我错了没有。且时时择我们所能了解的，讲给我们听，为我们养成慎言的习惯。我母亲为我们理发时，与我们共饭时，常指出我们的缺点，督促我们的用工。我们如有错误，我母亲从不怒骂，但说明理由，令我们改过。若屡诫不改，我母亲就于清晨我们未起时，掀开被头，用一束竹筱打股臀等处，历数各种过失，待我们服罪认改而后已。选用竹筱，因为着肤虽痛，而不至伤骨。又不打头面上，恐有痕迹，为见者所笑。我母亲的仁慈而恳切，影响于我们的品性甚大。

作者简介

蔡元培（1868—1940），字鹤卿，中国著名革命家、教育家、政治家、民主进步人士，是中华民国首任教育总长。1892 年，蔡元培中进士，后返回绍兴，提倡新学。1903 年，在上海组织建立光复会，1905 年，光复会并入同盟会。1916 年至 1927 年，蔡元培任北京大学校长，提出“思想自由、兼容并包”的思想，推行“教授治校”的方略，网罗了一批有才华的能人志士，培养了一批新时代的栋梁，为中国现代教育、中国革命做出了不可磨灭的贡献。1940 年，蔡元培病逝于香港。

朗读指导

《我的母亲》是蔡元培纪念母亲的一篇文章，选自蔡元培的《我的自述》。文章分为两部分，第一部分回忆了母亲生病时儿女为母亲割肉煎药的事情；第二部分是作者关于母亲教诲的叙述。全文读来自然亲切，近八百字的小文把母亲对儿女的疼爱和儿女对母亲的孝顺描写得入木三分，感人肺腑。虽然“人肉药引”的事情，在现在看来是迷信而不可信的行为，但表现了作者与兄弟们对母亲深切的爱。

我们在读这部作品时，一定会想到自己的父亲和母亲，自古以来，父母对子女的爱都是伟大神圣的，而子女对父母的依恋是深入灵魂、不可磨灭的。在与长辈独处的夜晚，在暖暖的灯光下，给长辈朗读这篇小文吧，表达自己对他们的眷恋，朗读时，情感一定要饱满，体会作者对母亲浓烈的、不舍的情感。

婴儿

徐志摩

我们要盼望一个伟大的事实出现，我们要守候一个馨香的婴儿出世：——

你看他那母亲在她生产的床上受罪！

她那少妇的安详，柔和，端丽现在在剧烈的阵痛里变形成不可信的丑恶：你看她那遍体的筋络都在她薄嫩的皮肤底里暴涨着，可怕的青色与紫色，象受惊的水青蛇在田沟里急泅似的，汗珠站在她的前额上象一颗弹的黄豆。她的四肢与身体猛烈的抽搐着，畸屈着，奋挺着，纠旋着，仿佛她垫着的席子是用针尖编成的，仿佛她的帐围是用火焰织成的；

一个安详的，镇定的，端庄的，美丽的少妇，现在在绞痛的惨酷里变形成魔鬼似的可怖：她的眼，一时紧紧的阖着，一时巨大的睁着，她那眼，原来象冬夜池潭里反映着的明星，现在吐露着青黄色的凶焰，眼珠象是烧红的炭火，映射出她灵魂最后的奋斗，她的原来朱红色的口唇，现在象是炉底的冷灰，她的口颤着，撅着，扭着，死神的热烈的亲吻不容许她一息的平安，她的发是散披着，横在口边，漫在胸前，象揪乱的麻丝，她的手指间紧抓着几穗拧下来的乱发；

这母亲在她生产的床上受罪：——

但她还不曾绝望，她的生命挣扎着血与肉与骨与肢体的纤微，在危崖的边沿上，抵抗着，搏斗着，死神的逼迫；

她还不曾放手，因为她知道（她的灵魂知道！）：

这苦痛不是无因的，因为她知道她的胎宫里孕育着一点比她自己更伟大的生命的种子，包涵着一个比一切更永久的婴儿；

因为她知道这苦痛是婴儿要求出世的征候，是种子在泥土里爆裂成美丽的生命的消息，是她完成她自己生命的使命的时机；

因为她知道这忍耐是有结果的，在她剧痛的昏瞀中她仿佛听着上帝准许人间祈祷的声音，她仿佛听着天使们赞美未来的光明的声音；

因此她忍耐着，抵抗着，奋斗着……她抵拼绷断她统体的纤微，她要赎出在她那胎宫里动荡着的生命，在她一个完全，美丽的婴儿出世的盼望中，最锐利，最沉酣的痛感逼成了最锐利最沉酣的快感……

作者简介

徐志摩（1897—1931），原名章垿，现代诗人、散文家、新月派代表诗人，代表作品有《再别康桥》《翡冷翠的一夜》等。他曾在美国、英国留学，并深受西方文化的影响，这些经历为他浪漫主义的诗歌风格奠定了一定基础。徐志摩是中国文坛上活跃一时的作家，他对新诗的发展曾起到推动作用，是一个超阶级的、无党派色彩的诗人。1931 年，徐志摩因飞机失事，不幸罹难。

朗读指导

《婴儿》这篇散文写于 1924 年 9 月底，是作者引以为傲的一篇作品。他在之后的讲学、演讲中经常引用这篇文章中的文字，表达自己的观点。对作者而言，这篇文章不仅仅是在讲现实中的“产妇”与“婴儿”，更是在表达“理想”在现实中的突破与实现。虽然作者无法预料到自己的生命如此短暂，但是对当时写下这篇文章的他来说，他是决定用一生去迎候自己理想的“馨香的婴儿”的。

文字对孕产母亲的细致描写，让我们对生命的诞生心怀敬意，也对母亲赐予生命的过程心生感激。可在自己生日的时候，给母亲朗读这篇文章，致敬母亲曾经用血肉给自己铸就的生命摇篮。朗读时，声调高昂，饱含热情，表达对母亲的感激。

我的母亲

老舍

母亲并不软弱。父亲死在庚子闹“拳”的那一年。联军入城，挨家搜索财物鸡鸭，我们被搜过两次。母亲拉着哥哥与三姐坐在墙根，等着“鬼子”进门，街门是开着的。“鬼子”进门，一刺刀先把老黄狗刺死，而后入室搜索。他们走后，母亲把破衣箱搬起，才发现了我。假若箱子不空，我早就被压死了。皇上跑了，丈夫死了，鬼子来了，满城是血光火焰，可是母亲不怕，她要在刺刀下，饥荒中，保护着儿女。北平有多少变乱啊，有时候兵变了，街市整条的烧起，火团落在我们的院中。有时候内战了，城门紧闭，铺店关门，昼夜响着枪炮。这惊恐，这紧张，再加上一家饮食的筹划，儿女安全的顾虑，岂是一个软弱的老寡妇所能受得起的？可是，在这种时候，母亲的心横起来，她不慌不哭，要从无办法中想出办法来。她的泪会往心中落！这点软而硬的个性，也传给了我。我对一切人与事，都取和平的态度，把吃亏看作当然的。但是，在作人上，我有一定的宗旨与基本的法则，什么事都可以将就，而不能超过自己画好的界限。我怕见生人，怕办杂事，怕出头露面；但是到了非我去不可的时候，我便不敢不去，正像我的母亲。从私塾到小学，到中学，我经历过起码有二十位教师吧，其中有给我很大影响的，也有毫无影响的，但是我的真正的教师，把性格传给我的，是我的母亲。母亲并不识字，她给我的是生命的教育。

当我在小学毕了业的时候，亲友一致的愿意我去学手艺，好帮助母亲。我晓得我应当去找饭吃，以减轻母亲的勤劳困苦。可是，我也愿意升学。我偷偷的考入了师范学校——制服，饭食，书籍，宿处，都由学校供给。只有这样，我才敢对母亲说升学的话。入学，要交十圆的保证金。这是一笔巨款！母亲作了半个月的难，把这巨款筹到，而后含泪把我送出门去。她不辞劳苦，只要儿子有出息。当我由师范毕业，而被派为小学校校长，母亲与我都一夜不曾合眼。我只说了句："以后，您可以歇一歇了！"她的回答只有一串串的眼泪。我入学之后，三姐结了婚。母亲对儿女是都一样疼爱的，但是假若她也有点偏爱的话，她应当偏爱三姐，因为自父亲死后，家中一切的事情都是母亲和三姐共同撑持的。三姐是母亲的右手。但是母亲知道这右手必须割去，她不能为自己的便利而耽误了女儿的青春。当花轿来到我们的破门外的时候，母亲的手就和冰一样的凉，脸上没有血色——那是阴历四月，天气很暖。大家都怕她晕过去。可是，她挣扎着，咬着嘴唇，手扶着门框，看花轿徐徐的走去。不久，姑母死了。三姐已出嫁，哥哥不在家，我又住学校，家中只剩母亲自己。她还须自晓至晚的操作，可是终日没人和她说一句话。新年到了，正赶上政府倡用阳历，不许过旧年。除夕，我请了两小时的假。

由拥挤不堪的街市回到清炉冷灶的家中。母亲笑了。及至听说我还须回校，她愣住了。半天，她才叹出一口气来。到我该走的时候，她递给我一些花生，“去吧，小子！”街上是那么热闹，我却什么也没看见，泪遮迷了我的眼。今天，泪又遮住了我的眼，又想起当日孤独的过那凄惨的除夕的慈母。可是慈母不会再候盼着我了，她已入了土！

儿女的生命是不依顺着父母所设下的轨道一掷千金的，所以老人总免不了伤心。我二十三岁，母亲要我结了婚，我不要。我请来三姐给我说情，老母含泪点了头。我爱母亲，但是我给了她最大的打击。时代使我成为逆子。二十七岁，我上了英国。为了自己，我给六十多岁的老母以第二次打击。在她七十大寿的那一天，我还远在异域。那天，据姐姐们后来告诉我，老太太只喝了两口酒，很早的便睡下。她想念她的幼子，而不便说出来。

七七抗战后，我由济南逃出来。北平又像庚子那年似的被鬼子占据了。可是母亲日夜惦念的幼子却跑西南来。母亲怎样想念我，我可以想象得到，可是我不能回去。每逢接到家信，我总不敢马上拆看，我怕，怕，怕，怕有那不祥的消息。人，即使活到八九十岁，有母亲便可以多少还有点孩子气。失了慈母便像花插在瓶子里，虽然还有色有香，却失去了根。有母亲的人，心里是安定的。我怕，怕，怕家信中带来不好的消息，告诉我已是失了根的花草。

去年一年，我在家信中找不到关于母亲的起居情况。我疑虑，害怕。我想象得到，若不是不幸，家中念我流亡孤苦，或不忍相告。母亲的生日是在九月，我在八月半写去祝寿的信，算计着会在寿日之前到达。信中嘱咐千万把寿日的详情写来，使我不再疑虑。十二月二十六日，由文化劳军的大会上回来，我接到家信。我不敢拆读。就寝前，我拆开信，母亲已去世一年了！

生命是母亲给我的。我之能长大成人，是母亲的血汗灌养的。我之能成为一个不十分坏的人，是母亲感化的。我的性格，习惯，是母亲传给的。她一世未曾享过一天福，临死还吃的是粗粮。唉！还说什么呢？心痛！心痛！

作者简介

老舍（1899—1966），原名舒庆春，字舍予，出生于北京。现代著名作家，杰出的语言大师，是新中国第一位获得“人民艺术家”称号的作家。老舍的文学语言通俗易懂，朴实无华，并且具有一定的幽默诙谐色彩。代表作品有《茶馆》《骆驼祥子》《赶集》等。1966年，老舍不堪暴力批斗，投湖自尽。

朗读指导

老舍先生的作品反映了中国近现代民众的众生相，因此，他被称为“人民艺术家”。老舍是满族人，他是母亲最小的儿子，父亲在他很小的时候就去世了。母亲和姐姐给他的记忆是最多的。

这篇小文是老舍对母亲的一个小写像，突出表现了母亲坚强、不服输的性格，以及对幼子殷切期盼的良苦用心，表达了作者对自己牵肠挂肚的年逾七十的母亲的愧疚。

母亲对孩子的影响是终生的，在孩子记忆的深处，母亲的形象总是带着小时候的味道，带着永远的温暖和安稳。可以在与长辈分隔一方时，朗读这篇文章，送给思念长辈的自己；也可以当面将这篇小文读给长辈，和他们一起度过一个温馨、惬意的周末。朗读时，语调平稳，给人一种娓娓道来之感。

宗月大师

老舍

在我小的时候，我因家贫而身体很弱。我九岁才入学。因家贫体弱，母亲有时候想教我去上学，又怕我受人家的欺侮，更因交不上学费，所以一直到九岁我还不识一个字。说不定，我会一辈子也得不到读书的机会。因为母亲虽然知道读书的重要，可是每月间三四吊钱的学费，实在让她为难。母亲是最喜脸面的人。她迟疑不决，光阴又不等待着任何人，荒来荒去，我也许就长到十多岁了。一个十多岁的贫而不识字的孩子，很自然的去做个小买卖——弄个小筐，卖些花生、煮豌豆或樱桃什么的。要不然就是去学徒。母亲很爱我，但是假若我能去做学徒，或提篮沿街卖樱桃而每天赚几百钱，她或者就不会坚决的反对。穷困比爱心更有力量。

有一天刘大叔偶然的来了。我说“偶然的”，因为他不常来看我们。他是个极富的人，尽管他心中并无贫富之别，可是他的财富使他终日不得闲，几乎没有工夫来看穷朋友。一进门，他看见了我。“孩子几岁了？上学没有？”他问我的母亲。他的声音是那么洪亮（在酒后，他常以学喊俞振庭的《金钱豹》自傲），他的衣服是那么华丽，他的眼是那么亮，他的脸和手是那么白嫩肥胖，使我感到我大概是犯了什么罪。我们的小屋，破桌凳，土炕，几乎禁不住他的声音的震动。等我母亲回答完，刘大叔马上决定："明天早上我来，带他上学，学钱、书籍，大姐你都不必管！"我的心跳起多高，谁知道上学是怎么一回事呢！

第二天，我像一条不体面的小狗似的，随着这位阔人去入学。学校是一家改良私塾，在离我的家有半里多地的一座道士庙里。庙不甚大，而充满了各种气味：一进山门先有一股大烟味，紧跟着便是糖精味（有一家熬制糖球糖块的作坊），再往里，是厕所味，与别的臭味。学校是在大殿里，大殿两旁的小屋住着道士，和道士的家眷。大殿里很黑、很冷。神像都用黄布挡着，供桌上摆着孔圣人的牌位。学生都面朝西坐着，一共有三十来人。西墙上有一块黑板——这是"改良"私塾。老师姓李，一位极死板而极有爱心的中年人。刘大叔和李老师"嚷"了一顿，而后教我拜圣人及老师。老师给了我一本《地球韵言》和一本《三字经》。我于是，就变成了学生。

自从做了学生以后，我时常的到刘大叔的家中去。他的宅子有两个大院子，院中几十间房屋都是出廊的。院后，还有一座相当大的花园。宅子的左右前后全是他的房屋，若是把那些房子齐齐的排起来，可以占半条大街。此外，他还有几处铺店。每逢我去，他必招呼我吃饭，或给我一些我没有看见过的点心。他绝不以我为一个苦孩子而冷淡我，他是阔大爷，但是他不以富傲人。

在我由私塾转入公立学校去的时候，刘大叔又来帮忙。这时候，他的财产已大半出了手。他是阔大爷，他只懂得花钱，而不知道计算。人们吃他，他甘心教他们吃；人们骗他，他付之一笑。他的财产有一部分是卖掉的，也有一部分人骗了去的，他不管；他的笑声照旧是洪亮的。

到我在中学毕业的时候，他已一贫如洗，什么财产也没有了，只剩了那个后花园。不过，在这个时候，假若他肯用用心思，去调整他的产业，他还能有办法教自己丰衣足食，因为他的好多财产是被人家骗了去的。可是，他不肯去请律师，贫与富在他心中是完全一样的，假若在这时候，他要是不再随便花钱，他至少可以保住那座花园，和城外的地产。可是，他好善。尽管他自己的儿女受着饥寒，尽管他自己受尽折磨，他还是去办贫儿学校，粥厂，等等慈善事业。他忘了自己。就是在这个时候，我和他过往的最密。他办贫儿学校我去做义务教师。他施舍粮米，我去帮忙调查及散放。在我的心里，我很明白：放粮放钱不过只是延长贫民的受苦难的日期，而不足以阻拦住死亡。但是，看刘大叔那么热心，那么真诚，我就顾不得和他辩论，而只好也出点力了，即使我和他辩论，我也不会得胜，人情是往往能战败理智的。

在我出国以前，刘大叔的儿子死了。而后，他的花园也出了手。他入庙为僧，夫人与小姐入庵为尼，由他的性格来说，他似乎势必走入避世学禅的一途。但是由他的生活习惯上来说，大家总以为他不过能念念经，布施布施僧道而已，而绝对不会受戒出家。他居然出了家，在以前，他吃的是山珍海味，穿的是绫罗绸缎，他也嫖也赌。现在，他每日一餐，入秋还穿着件夏布道袍。这样苦修，他的脸上还是红红的，笑声还是洪亮的。对佛学，他有多么深的认识，我不敢说。我却真知道他是个好和尚，他知道一点便去作一点，能作一点便作一点。他的学问也许不高，但是他所知道的都能见诸实行。

出家以后，他不久就做了一座大寺的方丈。可是没有好久就被驱除出来。他是要做真和尚，所以他不惜变卖庙产去救济苦人。庙里不要这种方丈。一般的说,方丈的责任是要扩充庙产，而不是救苦救难的。离开大寺，他到一座没有任何产业的庙里做方丈。他自己既没有钱，他还须天天为僧众们找到斋吃，同时，他还举办粥厂等等慈善事业。他穷，他忙，他每日只进一顿简单的素餐，可是他的笑声还是那么洪亮。他的庙里不应佛事，赶到有人来请，他便领着僧众给人家去唪真经，不要报酬。他整天不在庙里，但是他并没忘了修持；他持戒越来越严，对经义也深有所获。他白天在各处筹钱办事，晚间在小室里作工夫。谁见到这位破和尚也不曾想到他曾是个在金子里长起来的阔大爷。

去年，有一天他正给一位圆寂了的和尚念经，他忽然闭上了眼，就坐化了。火葬后，人们在他的身上发现许多舍利。

没有他，我也许一辈子也不会入学读书。没有他，我也许永远想不起帮助别人有什么乐趣与意义。他是不是真的成了佛？我不知道，但是，我的确相信他的居心与言行是与佛相近似的。我在精神上物质上都受过他的好处，现在我的确愿意他真的成了佛，并且盼望他以佛心引领我向善，正像在三十五年前，他拉着我去入私塾那样！

他是宗月大师。

朗读指导

这篇文章是老舍对曾经帮助过自己的宗月大师的回忆。宗月大师是改变他一生命运的贵人，在老舍的笔下，他是温暖、善良和高大的刘大叔。他一生扶贫济弱，被人骗后，依然没有放下心中的善念，即使他出家为僧，依然是一个心慈人善、一心为他人的和尚，老舍尊称他为“宗月大师”，心中充满对他的敬意和感激。

这篇文章适合读给曾帮助过自己的长辈，即使不能当面读给他听，可以选一个晴朗的日子，静静朗读，以表达心中的感激和怀念。朗读时，声调平和，节奏舒缓，体会作者文字里对大师的敬意。

我的母亲（节选）

胡适

我母亲二十三岁做了寡妇，又是当家的后母。这种生活的痛苦，我的笨笔写不出一万分之一二。家中财政本不宽裕，全靠二哥在上海经营调度。大哥从小便是败子，吸鸦片烟、赌博，钱到手就光，光了便回家打主意，见了香炉便拿出去卖，捞着锡茶壶便拿出去押。我母亲几次邀了本家长辈来，给他定下每月用费的数目。但他总不够用，到处都欠下烟债赌债。每年除夕我家中总有一大群讨债的，每人一盏灯笼，坐在大厅上不肯去。大哥早已避出去了。大厅的两排椅子上满满的都是灯笼和债主。我母亲走进走出，料理年夜饭，谢灶神，压岁钱等事，只当做不曾看见这一群人。到了近半夜，快要“封门”了，我母亲才走后门出去，央一位邻居本家到我家来，每一家债户开发一点钱。做好做歹的，这一群讨债的才一个一个提着灯笼走出去。一会儿，大哥敲门回来了。我母亲从不骂他一句。并且因为是新年，她脸上从不露出一点怒色。这样的过年，我过了六七次。

大嫂是个最无能而又最不懂事的人，二嫂是个能干而气量很窄小的人。他们常常闹意见，只因为我母亲的和气榜样，他们还不曾有公然相骂相打的事。他们闹气时，只是不说话，不答话，把脸放下来，叫人难看；二嫂生气时，脸色变青，更是怕人。他们对我母亲闹气时，也是如此，我起初全不懂得这一套，后来也渐渐懂得看人的脸色了。我渐渐明白，世间最可厌恶的事莫如一张生气的脸；世间最下流的事莫如把生气的脸摆给旁人看，这比打骂还难受。

我母亲的气量大，性子好，又因为做了后母后婆，她更事事留心，事事格外容忍。大哥的女儿比我只小一岁，她的饮食衣服总是和我的一样。我和她有小争执，总是我吃亏，母亲总是责备我，要我事事让她。后来大嫂二嫂都生了儿子了，她们生气时便打骂孩子来出气，一面打，一面用尖刻有刺的话骂给别人听。我母亲只装作不听见。有时候，她实在忍不住了，便悄悄走出门去，或到左邻立大嫂家去坐一会，或走后门到后邻度嫂家去闲谈。她从不和两个嫂子吵一句嘴。

每个嫂子一生气，往往十天半个月不歇，天天走进走出，板着脸，咬着嘴，打骂小孩子出气。我母亲只忍耐着，到实在不可再忍的一天，她也有她的法子。这一天的天明时，她便不起床，轻轻的哭一场。她不骂一个人，只哭她的丈夫，哭她自己苦命，留不住她丈夫来照管她。她先哭时，声音很低，渐渐哭出声来。我醒了起来劝她，她不肯住。这时候，我总听得见前堂（二嫂住前堂东房）或后堂（大嫂住后堂西房）有一扇房门开了，一个嫂子走出房向厨房走去。不多一会，那位嫂子来敲我们的房门了。我开了房门，她走进来，捧着一碗热茶，送到我母亲床前，劝她止哭，请她喝口热茶。我母亲慢慢停住哭声，伸手接了茶碗。那位嫂子站着劝一会，才退出去。没有一句话提到什么人，也没有一个字提到这十天半个月来的气脸，然而各人心里明白，泡茶进来的嫂子总是那十天半个月来闹气的人。奇怪的很，这一哭之后，至少有一两个月的太平清静日子。

我母亲待人最仁慈、最温和，从来没有一句伤人感情的话；但她有时候也很有刚气，不受一点人格上的侮辱。我家五叔是个无正业的浪人，有一天在烟馆里发牢骚，说我母亲家中有事总请某人帮忙，大概总有什么好处给他。这句话传到了我母亲耳朵里，她气得大哭，请了几位本家来，把五叔喊来，她当面质问他，她给了某人什么好处。直到五叔当众认错赔罪，她才罢休。

作者简介

胡适（1891—1962），字适之，中国近现代史上著名的思想家、文学家，在哲学、文学、史学研究等方面有突出贡献。胡适早年留学美国，回国后，被北京大学聘为教授。他是新文化运动的领导者和“白话文”运动的倡导者。代表作品有《中国哲学史大纲》（上）、《胡适文存》（四集）等。

朗读指导

本文选自《胡适自传》中的《四十自述》。讲述了作者对1895年到1904年这九年时间里母亲的回忆，表达了母亲在生活中的隐忍和不屈，歌颂了母亲为家庭的默默奉献。

胡适的母亲23岁时便成为了寡妇，成为一家主母，独自撑起整个家，家里生活拮据，里里外外的事情都要靠母亲一个人打理。作者在字里行间流露着对母亲阔达心胸的赞扬，以及对母亲这一生坎坷的心疼。

胡适的母亲代表了为家庭奉献一生的中国万千母亲。这篇文章适合在冬日的午后，和女性长辈一起喝着热腾腾的茶水，朗读给她听。朗读时，语调平稳，节奏正常即可，以此文表达对她在家庭中付出的感激。

当初

陈梦家

当初那混沌不分的乳白色，
在没有颜色的当中，它是美。
从大地的无垠，与海，与穹苍；
是这白雪一片的雾气，在天地间
升起，弥满，它没有方向的圆妙，
它是单纯，又是所有一切的完全：
我母亲温柔的呼吸，是其中
微微的风，温柔是她的呼吸；
那亮光是我父亲在祈祷里
闭着的眼睛，他与主的神光相遇。
呵，我只是微小的一粒，在混沌间
没有我自己的颜色，没有分界；
那乳白色的一片，多么深远，
但我微小的在其中，也无有边缘，
我就是那渺渺乳白色间的一点——
他通到无穷去的周围，是乳白色，
他自己占到微小的一点，也是。

我有呼吸的从容，因为无一丝
阻碍我自由的伸舒，我从容的
在没遮搁的渺茫间浮沉，我又
借取了天使的翅膀，向空周旋。
不用辨识那完全清楚的一色，
天地与海的名称，不能妄称，
不能妄称神的世界间的神名，
不能喊出我自己的名，我原没有。
但是我和母亲的相合的呼吸，
它们全无分别的呼吸在一气，
融融如水乳的天籁；
我在那中间，吹一口气的泡沫
翻出那不受劝服的波浪，既然这样，
我便听自己无思想的飞射。……
到时候我清醒了，
那头上的天花板，摇篮的白
和陈旧的白窗帘，也使我混乱
究竟那和刚才梦里有什么分别。
我没有智能去分别，梦和醒
在我是一样；母亲乳白的胸脯，
我埋在她的温柔里，我吞进
那一点紫红的星——是爱，是温，

是我生命的泉源，更是我
在乳白色间想到的日光。
母亲淡淡黄的白胸脯，她是
我醒来时唯一的颜色，
我闻到那从紫星中流出来
生命的芬芳，醒的芬芳；
那是淡而不浓的，它们原和
我梦里的光景一样，一样，一样，
它们就是这样引诱我去
那乳白色间的梦……

作者简介

陈梦家（1911—1966），现代文学家、考古学家、诗人，是新月派代表诗人，与闻一多、徐志摩、朱湘并称为“新月派四大诗人”。他从16岁便开始写诗。他的处女作《那一晚》发表于1929年《新月》杂志上，著有诗集《梦家诗集》《不开花的春》等作品。

朗读指导

陈梦家的身份很多。他首先是一位考古学家，他曾遍访美国藏有青铜器的人家、博物馆、古董商，撰写了有关青铜器的大量文章，为中国的金石学研究提供了方向。其次他还是位翻译家，他的妻子是著名翻译家和比较文学家赵萝蕤，两人是文学界少有的夫唱妇随的典范。

最后，他是位诗人，是新月派后期享有盛名的代表诗人和重要成员。

《当初》是作者用来歌颂母爱的一首赞美诗。作者描写了刚刚来到人世间，母亲用爱和甘甜的乳汁孕育生命。“当初那混沌不分的乳白色”是作者想象自己刚刚出生时眼中世界的颜色，而这乳白色也正是母亲的颜色。它如天地辽阔，包容着“我”。

这首诗是诗人对母亲的歌颂与赞美，表达作者对母爱的感恩。这首诗适合朗诵给女性长辈，在闲暇的节日，与长辈一起回忆往事，向她询问你婴孩时的种种。朗读时，声音低柔，节奏轻快，体会诗人对母爱的依恋，向长辈表达心中的崇敬。

儿女（节选）

朱自清

我现在已是五个儿女的父亲了。想起圣陶喜欢用的蜗牛背了壳的比喻，便觉得不自在。新近一位亲戚嘲笑我说，要剥层皮呢！更有些悚然了。……现在是一个媳妇,跟着来了五个孩子；两个肩头上，加上这么重一副担子，真不知怎样走才好。命定是不用说了；从孩子们那一面说，他们该怎样长大，也正是可以忧虑的事。我是个彻头彻尾自私的人，做丈夫已是勉强，做父亲更是不成。……可惜这只是理论，实际上我是仍旧按照古老的传统，在野蛮地对付着，和普通的父亲一样。近来差不多是中年的人了，才渐渐觉得自己的残酷；想着孩子们受过的体罚和叱责，始终不能辩解——像抚摩着旧创痕那样，我的心酸溜溜的。有一回，读了有岛武郎《与幼小者》的译文，对了那种伟大的，沉挚的态度，我竟流下泪来了。去年父亲来信，问起阿九，那时阿九还在白马湖呢；信上说，我没有耽误你，你也不要耽误他才好。我为这句话哭了一场；我为什么不像父亲的仁慈？我不该忘记，父亲怎样待我们来着！人性许真是二元的，我是这样地矛盾；我的心像钟摆似的来去。

……

正面意义的幸福，其实也未尝没有。正如谁所说，小的总是可爱，孩子们的小模样，小心眼儿，确有些教人舍不得的。阿毛现在五个月了，你用手指去拨弄她的下巴，或向她做趣脸，她便会张开没牙的嘴格格地笑，笑得像一朵正开的花。她不愿在屋里待着；待久了，便大声儿嚷。妻常说，姑娘又要出去溜达了。她说她像鸟儿般，每天总得到外面溜一些时候。闰儿上个月刚过了三岁，笨得很，话还没有学好呢。他只能说三四个字的短语或句子，文法错误，发音模糊，又得费气力说出；我们老是要笑他的。他说好字，总变成小字；问他好不好，他便说小，或不小。我们常常逗着他说这个字玩儿；他似乎有些觉得，近来偶然也能说出正确的好字了——特别在我们故意说成小字的时候。他有一只搪瓷碗，是一毛来钱买的；买来时，老妈子教给他，这是一毛钱。他便记住一毛两个字，管那只碗叫一毛，有时竟省称为毛。这在新来的老妈子,是必需翻译了才懂的。他不好意思，或见着生客时，便咧着嘴痴笑；我们常用了土话，叫他做呆瓜。他是个小胖子，短短的腿，走起路来，蹒跚可笑；若快走或跑，便更好看了。他有时学我，将两手叠在背后，一摇一摆的；那是他自己和我们都要乐的。他的大姊便是阿菜，已是七岁多了，在小学校里念着书。在饭桌上，一定得啰啰唆唆地报告些同学或他们父母的事情；气喘喘地说着，不管你爱听不爱听。说完了总问我：爸爸认识么？爸爸知道么？妻常禁止她吃饭时说话，所以她总是问我。她的问题真多：看电影便问电影里的是不是人？是不是真人？怎么不说话？看照相也是一样。不知谁告诉她，兵是要打人的。她回来便问，兵是人么？为什么打人？近来大约听了先生的话，回来又问张作霖的兵是帮谁的？蒋介石的兵是不是帮我们的？诸如此类的问题，每天短不了，常常闹得我不知怎样答才行。她和闰儿在一处玩儿，一大一小，不很合式，老是吵着哭着。但合式的时候也有：譬如这个往床底下躲，那个便钻进去追着；这个钻出来，那个也跟着——从这个床到那个床，只听见笑着，嚷着，喘着，真如妻所说，像小狗似的。现在在京的，便只有这三个孩子；阿九和转儿是去年北来时，让母亲暂时带回扬州去了。

……

我的朋友大概都是爱孩子的。少谷有一回写信责备我，说儿女的吵闹，也是很有趣的，何至可厌到如我所说；他说他真不解。子恺为他家华瞻写的文章，真是蔼然仁者之言。圣陶也常常为孩子操心：小学毕业了，到什么中学好呢？——这样的话，他和我说过两三回了。我对他们只有惭愧！可是近来我也渐渐觉着自己的责任。我想，第一该将孩子们团聚起来，其次便该给他们些力量。我亲眼见过一个爱儿女的人，因为不曾好好地教育他们，便将他们荒废了。他并不是溺爱，只是没有耐心去料理他们，他们便不能成材了。我想我若照现在这样下去，孩子们也便危险了。我得计划着，让他们渐渐知道怎样去做人才行。但是要不要他们像我自己呢？这一层，我在白马湖教初中学生时，也曾从师生的立场上问过丏尊，他毫不踌躇地说，自然啰。近来与平伯谈起教子，他却答得妙，总不希望比自己坏啰。是的，只要不比自己坏就行，像不像倒是不在乎的。职业，人生观等，还是由他们自己去定的好；自己顶可贵，只要指导，帮助他们去发展自己，便是极贤明的办法。

予同说，我们得让子女在大学毕了业，才算尽了责任。SK说，不然，要看我们的经济，他们的材质与志愿；若是中学毕了业，不能或不愿升学，便去做别的事，譬如做工人吧，那也并非不行的。自然，人的好坏与成败，也不尽靠学校教育；说是非大学毕业不可，也许只是我们的偏见。在这件事上，我现在毫不能有一定的主意；特别是这个变动不居的时代，知道将来怎样？好在孩子们还小，将来的事且等将来吧。目前所能做的，只是培养他们基本的力量——胸襟与眼光；孩子们还是孩子们，自然说不上高的远的，慢慢从近处小处下手便了。这自然也只能先按照我自己的样子：神而明之，存乎其人，光辉也罢，倒楣也罢，平凡也罢，让他们各尽各的力去。我只希望如我所想的，从此好好地做一回父亲，便自称心满意。——想到那狂人救救孩子的呼声，我怎敢不悚然自勉呢？

作者简介

朱自清（1898—1948），字佩弦，号秋实，现代著名散文家、诗人、学者、民主战士。朱自清的散文风格朴素缜密，文笔清丽，饱含真情实感，为中国现代散文增添了一笔浓厚的美学色彩，主要作品有《背影》《荷塘月色》《匆匆》等。

朗读指导

纵观中国现代散文的发展史，五四时期的散文成就对现当代散文的创作影响最大的首推朱自清。朱自清的散文大多篇幅短小，独居匠心。《儿女》这篇散文写于1928年6月24日北京清华园，文中提到的孩子们是朱自清先生与第一任妻子武仲谦女士所生的。阿九是先生的长子朱迈先。

全篇文字读下来，像家常话一样娓娓道来——真切、生动，具有极强的感染力。文章看似都是家庭琐事，但幕幕都是精心裁剪，充溢着父母对孩子的慈爱，不强烈，不浓重，不刻意，读来都是真情实感。

这篇文章可以勾起长辈对自己婴孩时期的回忆，朗读时，可以问问他们自己婴孩时期的趣闻，和他们共享甜蜜的亲子时光。

父亲的绳衣（节选）

石评梅

清明那天我去庙里哭天辛，归途上我忽然想到与父亲和母亲结织一件绳衣。我心里想的太可怜了，可以告诉你们的就是我愿意在这样心情下，作点东西留个将来回忆的纪念。母亲他们穿上这件绳衣时，也可想到他们的女儿结织时的忧郁和伤心！这个悲剧闭幕后的空寂，留给人间的固然很多，这便算埋葬我心的坟墓，在那密织的一丝一缕之中，我已将母亲交付给我的那颗心还她了。

我对于自己造成的厄运绝不诅咒，但是母亲，你们也应当体谅我，当我无力扑到你怀里睡去的时候，你们也不要认为是缺憾吧！

当夜张着黑翼飞来的时候，我在这凄清的灯下坐着。案头放着一个银框，里面刊装着天辛的遗像，像的前面放着一个紫玉的花瓶，瓶里插着几枝玉簪，在花香迷漫中，我默默的低了头织衣；疲倦时我抬起头来望望天辛，心里的感想，我难以写出。深夜里风声掠过时，尘沙向窗上瑟瑟的扑来，凄凄切切似乎鬼在啜泣，似乎鸱鸮的翅儿在颤栗！

我仍然低了头织着，一直到我伏在案上睡去之后。这样过了七夜，父亲的绳衣成功了。

父亲的信上这样说：

> ……
>
> 明知道你的心情是如何的恶劣，你的事务又很冗繁，但是你偏在这时候，日夜为我结织这件绳衣，远道寄来，与你父防御春寒。你的意思我自然喜欢，但是想到儿一腔不可宣泄的苦衷时，我焉能不为汝凄然……

读完这信令我惭愧，纵然我自己命运负我，但是父母并未负我；他们希望于我的，也正是我愿为了他们而努力的。父亲这微笑中的泪珠，真令我良心上受了莫大的责罚，我还有什么奢望呢！我愿暑假快来，我扎挣着这创伤的心神，扑向母亲怀里大哭！我廿年的心头埋没的秘密，在天辛死后，我已整个的跪献在父母座下了。我不忍那可怕的人间隔膜，能阻碍了我们天性的心之交流，使他们永远隐蔽着不知道他们的女儿——不认识他们的女儿。

作者简介

石评梅（1902—1928），中国近现代女作家，“民国四大才女”之一。她出身于书香门第，天资聪慧，求学时就表现出很高的文学天分，并显露出对压迫的反抗。在短暂而又绚烂一生中，石评梅创作了大量诗歌、散文、游记、小说，尤其以诗歌最为脍炙人口。她的作品大多以追求爱情、真理，渴望自由、光明为主题。小说创作以《红鬃马》《匹马嘶风录》为代表。

朗读指导

作者自幼被父母视为掌上明珠，尤其父亲给了她很多精神上的支持，并鼓励她走出山西，接受高等教育，寻找自己的人生意义。这篇文表达了作者对父母的一片挚情，字里行间散发着作者与生俱来的多愁善感和纤细敏感。

作者的爱人英年早逝，她为此沉浸在不可抑制的悲伤中。这是一篇带有愧疚心情的散文，表达了作者忽略父母已久的愧疚。父亲给作者的回信，短短几句话，写出了一位父亲对女儿的无悔的牵挂和担心。

这篇文章适合表达不能回报亲恩的愧疚。朗读给抚育我们长大的长辈，朗读时，语调严肃，声音低缓，随着作者的心绪波动，向长辈表达心中的情谊。有时间的话，可以给长辈亲手织一条围巾，聊表寸心。

父亲的玳瑁（节选）

鲁彦

在墙脚根刷然溜过的那黑猫的影，又触动了我对于父亲的玳瑁的怀念。

净洁的白毛的中间，夹杂些淡黄的云霞似的柔毛，恰如透明的妇人的玳瑁首饰的那种猫儿，是被称为“玳瑁猫”的。我们家里的猫儿正是那一类，父亲就给了它“玳瑁”这个名字。

在近来的这一匹玳瑁之前，我们还曾有过另外的一匹。它

有着同样的颜色，得到了同样的名字，同是从我姊姊家里带来，一样地为我们所爱。

但那是我不幸的妹妹的玳瑁，它曾经和她盘桓了十二年的岁月。

而现在的这一匹，是属于父亲的。

它什么时候来到我们家里，我不很清楚，据说大约已有三年光景了。父亲给我的信，从来不曾提过它。在他的理智中，仿佛以为玳瑁毕竟是一匹小小的兽，比不上任何的家事，足以通知我似的。

但当我去年回到家里的时候，我看到了父亲和玳瑁的感情了。

每当厨房的碗筷一搬动，父亲在后房餐桌边坐下的时候，玳瑁便在门外“咪咪”地叫了起来。这叫声是只有两三声，从不多叫的。它仿佛在问父亲，可不可以进来似的。

于是父亲就说了，完全像对什么人说话一样：

“玳瑁，这里来！”

我初到的几天，家里突然增多了四个人，在玳瑁似乎感觉到热闹与生疏的恐惧，常不肯即刻进来。

“来吧，玳瑁！”父亲望着门外，不见它进来，又说了。

但是玳瑁只回答了两声“咪咪”，仍在门外徘徊着。

“小孩一样，看见生疏的人，就怕进来了。”父亲笑着对我们说。

但是过了一会，玳瑁在大家的不注意中，已经跃上了父亲的膝上。

“哪，在这里了。”父亲说。

我们弯过头去看，它伏在父亲的膝上，睁着略带惧怯的眼望着我们，仿佛预备逃遁似的。

父亲立刻理会它的感觉，用手抚摩着它的颈背，说：“困吧，玳瑁。”一面他又转过来对我们说：“不要多看它，它像姑娘一样的呢。”

我们吃着饭，玳瑁从不跳到桌上来，只是静静地伏在父亲的膝上。有时鱼腥的气息引诱了它，它便偶尔伸出半个头来望了一望，又立刻缩了回去。它的脚不肯触着桌。这是它的规矩，父亲告诉我们说，向来是这样的。

父亲吃完饭，站起来的时候，玳瑁便先走出门外去。它知道父亲要到厨房里去给它预备饭了。那是真的。父亲从来不曾忘记过，他自己一吃完饭，便去添饭给玳瑁的。玳瑁的饭每次都有鱼或鱼汤拌着。父亲自己这几年来对于鱼的滋味据说有点厌，但即使自己不吃，他总是每次上街去，给玳瑁带了一些鱼来，而且给它储存着的。

白天，玳瑁常在储藏东西的楼上，不常到楼下的房子里来。但每当父亲有什么事情将要出去的时候，玳瑁像是在楼上看着的样子，便溜到父亲的身边，绕着父亲的脚转了几下，一直跟父亲到门边。父亲回来的时候，它又像是在什么地方远远望着，静静地倾听着的样子，待父亲一跨进门限，它又在父亲的脚边了。它并不时时刻刻跟着父亲，但父亲的一举一动，父亲的进出，它似乎时刻在那里留心着。

晚上，玳瑁睡在父亲的脚后的被上，陪伴着父亲。

我们回家后，父亲换了一个寝室。他现在睡到弄堂门外一间从来没有人去的房子里了。

玳瑁有两夜没有找到父亲，只在原地方走着，叫着。它第一夜跳到父亲的床上，发现睡着的是我们，便立刻跳了出去。

正是很冷的天气。父亲记念着玳瑁夜里受冷，说它恐怕不

会想到他会搬到那样冷落的地方去的。而且晚上弄堂门又关得很早。

但是第三天的夜里，父亲一觉醒来，玳瑁已在床上睡着了，静静地，“咕咕”念着猫经。

半个月后，玳瑁对我也渐渐熟了。它不复躲避我。当它在父亲身边的时候，我伸出手去，轻轻抚摩着它的颈背，它伏着不动。然而它从不自己走近我。我叫它，它仍不来。就是母亲，她是永久和父亲在一起的，它也不肯走近她。父亲呢，只要叫一声“玳瑁”，甚至咳嗽一声，它便不晓得从什么地方溜出来了，而且绕着父亲的脚。

有两次玳瑁到邻居去游走，忘记了吃饭。我们大家叫着“玳瑁玳瑁”，东西寻找着，不见它回来。父亲却猜到它那里去了。他拿着玳瑁的饭碗走出门外，用筷子敲着，只喊了两声“玳瑁”，玳瑁便从很远的邻屋上走来了。

“你的声音像格外不同似的，”母亲对父亲说，“只消叫两声，又不大，它便老远地听见了。”

“是哪，它只听我管的哩。”

对于寂寞地度着残年的老人，玳瑁所给与的是儿子和孙子的安慰，我觉得。

作者简介

鲁彦（1901—1944），原名王燮臣，现代小说家、翻译家。1923 年在《东方杂志》上发表处女作《秋夜》，此后陆续发表许多小说。早期代表作整理出版了第一部小说集《柚子》。在抗战前夕，出版了长篇小说《野火》。抗日战争期间，创作了《炮火下的孩子》《伤兵医院》等短篇小说。1944 年于桂林病逝。

朗读指导

这篇文章讲述了作者的父亲与一只名叫玳瑁的猫的故事。玳瑁只听父亲的话，即便母亲常年与父亲生活在一起，玳瑁也和母亲有距离感，而父亲对玳瑁非常好，把它当成自己的孩子一样看待。

作者讲述了父亲与玳瑁之间发生的生活小事，从细节中体现出玳瑁与父亲之间不同寻常的感情。父亲把玳瑁当作了自己的儿子或孙子，说明父亲多么希望自己的孩子们能够陪伴在身边。作者长年在外，与父母聚少离多，而只有玳瑁始终陪伴在父亲身边，所以他们之间的感情胜过一切。

这篇文章表达了作者对父亲的思念，以及隐隐的愧疚。陪伴对于长辈来说是最好的孝顺。给长辈朗读这篇小文，和他们一起度过一个温馨的下午，弥补自己不能时常陪伴的亏欠。朗读时，声音轻柔，体会父亲与小猫的情谊。

别再说……

刘半农

别再说多　厉害的太阳了，
只看那行人稀少的大街上，
偶然来了一辆马车，
车轮的边上，马蹄的角上，
都爆裂出无数的火花！
啊，咖啡馆外的凉棚，
一个个的多　整齐啊！
可是我想到了红海边头，沙漠游民的篷帐，
我想到了印度人的小屋，
我想到了我灵魂的坟墓：
我亲爱的祖国！
别再说自然界多　严峻了，
只看那净蓝的天，
始终是默默的，
始终不给我们一丝的风，
始终不给我们一片的云！
独行踽踽的我，

要透气是透不转，
只能挺着忍着，
忍着那不尽的悲哀，
化做了腹中一阵阵的热痛，
化做了一身身的黄汗。

啊！不良的天时，不良的消息，
你逼我想到了“红笑”中的血花！
我微弱的灵魂，
怎担当得起这人间的耻辱啊！

【后序】

去年五月二十四的大热，已将巴黎三十年来的纪录打破。今年七月六日，又将这纪录打破。恰巧这天，我北大同学为着国际共管中国铁路的不祥消息，开第一次讨论会，我就把这首记我个人情感的诗，纪念这一次的会。

我要附带说一句话：爱国虽不是个好名词，但若是只用之于防御方面，就断然不是一桩罪恶。

我还要说：我不能相信不抵抗主义。

蜗牛是最弱的东西了，上帝还给它一个壳，两个触角，这为什么？

鼠疫杀人，我们防御了；疯狗杀人，我们将它打死了；为什么人要杀人，我们要说不抵抗！

为着爱国二字被侵略者闹坏了，就连防御也不说；为着不抵抗主义可以做成一篇很好的神话，就说世界中也应如此。这若不是大智，可便是大愚！

我只要做个不智不愚的人，我不能盲从。我就是这么说！

作者简介

刘半农（1891—1934），江苏江阴人。中国著名文学家，“新文化运动”的先驱。刘半农生于清贫的知识分子家庭,文学天赋极高。1917 年，被蔡元培破格聘为北京大学预科国文教授。1920 年，赴欧深造，他是第一个获得法国文学博士学位的中国人。回国后，刘半农出任北京大学国文系教授，建立了语音乐律实验室，成为中国实验语音学奠基人。1934 年，不幸因病去世，年仅 44 岁。

朗读指导

这首诗是作者于 1923 年在法国巴黎创作而成的，作者创作这首诗是为了对国际共管中国铁路的消息表达愤怒。

此时刘半农身处法国，默默注视着巴黎火辣的太阳、净蓝的天空，心中却充满了悲愤，他感觉自己的世界没有一丝风、一丝云，阵阵痛感袭来，唯有忍下这种痛楚。这首诗表达了作者对备受欺凌的祖国和民族的深深同情，体现了诗人一腔的爱国热情。“后序”表明了作者激愤的爱国立场，体现出作者积极的革命主义精神，以及对不抵抗、不抵御的懦弱北洋政府的痛斥。

这是一首铿锵的爱国主义诗歌，给长辈朗读时，可以与长辈探讨他们那一辈的爱国主义情怀。朗读时，表现出作者的激愤情绪，声音低沉，情感激昂。

但丁墓前

王独清

现在我要走了（因为我是一个飘泊的人）！
唉，你收下罢，收下我留给你的这个真心！
我把我底心留给你底头发，
你底头发是我灵魂底住家；
我把我底心留给你底眼睛，
你底眼睛是我灵魂底坟茔……
我，我愿作此地底乞丐，忘去所有的忧愁，
在这出名的但丁墓旁，用一生和你相守！
可是现在除了请你把我底心收下，
便只剩得我向你要说的告别的话！
Addio，mia bella！

现在我要走了（因为我是一个飘泊的人）！
唉，你记下罢，记下我和你所经过的光阴！
那光阴是一朵迷人的香花，
被我用来献给了你这美颊；
那光阴是一杯醉人的甘醇，

被我用来供给了你这爱唇……
我真愿作此地底乞丐，弃去一切的忧愁，
在我倾慕的但丁墓旁，到死都和你相守！
可是现在我惟望你把那光阴记下，
此外应该说的只有平常告别的话！
Addio，mia Cara！

朗读指导

《但丁墓前》描写了诗人在但丁陵墓前的所思所感。作为一个在外漂泊的人，作者在但丁墓前宣告自己的心声，希望将自己的全部身心和走过的光阴都留在这墓前。

但丁是诗人仰慕的伟人、崇拜的偶像，这首诗是作者与但丁墓的告别诗，更是作者向但丁宣告虔诚的誓言，将自己的喜爱和敬仰全部付之于他的墓前，字字句句充满了感激与崇拜。两段结尾处，诗人都用了同一句意大利语作为告别词：Addio，mia Cara！以表达他对但丁纯粹的信仰。

和长辈分享这首诗，感受诗人澎湃的热情，朗读时，声音饱含祈求和深情，体会诗人发自灵魂的呼唤。

离家

潘漠华

我底衫袖破了
我母亲坐着替我补缀
伊针针引着纱线
却将伊底悲苦也缝了进去

我底头发太散乱了
姊姊说这样出外去不太好看
也要惹人家底讨厌
伊拿了头梳来替我梳理
后来却也将伊底悲苦梳了进去

我们离家上了旅路
走到夕阳傍山红的时候
哥哥说我走得太迟迟了
将要走不尽预定的行程
他伸手牵着我走
但他底悲苦

又从他微微颤跳的手掌心传给了我

现在就是碧草红云的现在啊
离家已有六百多里路
母亲底悲苦从衣缝里出来
姊姊底悲苦，从头发里出来
哥哥底悲苦，从手掌心里出来
他们结成一个缜密的悲苦的网
将我整个网着在那儿了

作者简介

潘漠华（1902—1934），现代诗人，1920 年开始文学创作，与冯雪峰、应修人、汪静之结成湖畔诗社，先后出版《湖畔》《春的歌集》。《雨点集》收录了潘漠华的 9 篇农村题材短篇小说。1934 年，在狱中被迫害致死。

朗读指导

这是一首表达离愁别绪的诗，诗人在诗中通过对三位亲人的描述，表达了自己与家人的依依惜别之情。母亲为自己缝制衣服、姐姐为自己梳理头发、哥哥为自己引路，这三个是诗人至亲至爱的人，他们以不同的方式表达了对诗人的不舍和牵挂，让诗人沉陷于至亲至爱遭遇不幸的“悲苦”，母亲的体弱多病、姐姐的婚姻不幸、哥哥的屈辱不堪交织成一张网，笼罩着作者。

我们都曾面对过离别，尤其是与亲人的分别，诗中的画面是否让你想起了自己的亲人。在适当的时机，将这首诗分享给自己的亲人，向他们传达自己深深的爱意。

十四行诗·鼠曲草

冯至

我常常想到人的一生，
便不由得要向你祈祷。
你一丛白茸茸的小草
不曾辜负了一个名称；

但你躲进着一切名称，
过一个渺小的生活，
不辜负高贵和洁白，
默默地成就你的死生。

一切的形容、一切喧嚣
到你身边，有的就凋落，
有的化成了你的静默：

这是你伟大的骄傲
却在你的否定里完成.
我向你祈祷，为了人生。

朗读指导

这篇文章原载1923年12月的《浅草》，题为《归去》，为组诗《残余的酒》中的一首。初收于《昨日之歌》；收入《冯至诗文选集》时，做了少许改动，并改名为《新的故乡》。

整首诗诗句铿锵悦耳，朴实无华。诗人对“新的故乡”进行了描述：灿烂的银花，晴朗的天空，金色的阳光，浓绿的森林，汪洋的大海。这一切都是作者对“新的故乡”的美好憧憬，表达了作者对美好生活的无限向往。

整首诗格调积极向上，节奏明快，读了这首诗，我们能收获到愉悦的心情，同时还能感受到未来生活的美好。这首诗传达出诗人想要开始新生活的美好憧憬，是对原有生活的希冀，也是在告诉我们，对待生活，我们应该抱着热爱的态度。

在思念故乡，或者回到故乡的时候，给长辈朗读这首诗，和他们一起憧憬未来生活的美好。朗读时，在声音里注满热情，让人感受到如夏日般的热烈。

蛛丝与梅花

林徽因

真真地就是那么两根蛛丝，由门框边轻轻地牵到一枝梅花上。就是那么两根细丝，迎着太阳光发亮……再多了，那还像样么。一个摩登家庭如何能容蛛网在光天白日里作怪，管它有多美丽，多玄妙，多细致，够你对着它联想到一切自然造物的神工和不可思议处；这两根丝本来就该使人脸红，且在冬天够多特别！可是亮亮的，细细的，倒有点像银，也有点像玻璃制的细丝，委实不算讨厌，尤其是它们那么洒脱风雅，偏偏那样有意无意地斜着搭在梅花的枝梢上。

你向着那丝看，冬天的太阳照满了屋内，窗明几净，每朵含苞的，开透的，半开的梅花在那里挺秀吐香，情绪不禁迷茫缥缈地充溢心胸，在那刹那的时间中振荡。同蛛丝一样的细弱，和不必需，思想开始抛引出去；由过去牵到将来，意识的，非意识的，由门框梅花牵出宇宙，浮云沧波踪迹不定。是人性，艺术，还是哲学，你也无暇计较，你不能制止你情绪的充溢，思想的驰骋，蛛丝梅花竟然是瞬息可以千里！

好比你是蜘蛛，你的周围也有你自织的蛛网，细致地牵引着天地，不怕多少次风雨来吹断它，你不会停止了这生命上基本的活动。此刻……“一枝斜好，幽香不知甚处”……

拿梅花来说吧，一串串丹红的结蕊缀在秀劲的傲骨上，最可爱，最可赏，等半绽将开地错落在老枝上时，你便会心跳！梅花最怕开；开了便没话说。索性残了，沁香拂散，同夜里炉火都能成了一种温存的凄清。

记起了，也就是说到梅花，玉兰。初是有个朋友说起初恋时玉兰刚开完，天气每天的暖，住在湖旁，每夜跑到湖边林子里走路，又静坐幽僻石上看隔岸灯火，感到好像仅有如此虔诚的孤对一片泓碧寒星远市，才能把心里情绪抓紧了，放在最可靠最纯净的一撮思想里，始不至亵渎了或是惊着那“寤寐思服”的人儿。那是极年轻的男子初恋的情景，——对象渺茫高远，反而近求“自我的”郁结深浅——他问起少女的情绪。

就在这里，忽记起梅花。一枝两枝，老枝细枝，横着，虬着，描着影子，喷着细香；太阳淡淡金色地铺在地板上：四壁琳琅，书架上的书和书签都像在发出言语；墙上小对联记不得是谁的集句；中条是东坡的诗。你敛住气，简直不敢喘息，巅起脚，细小的身形嵌在书房中间，看残照当窗，花影摇曳，你像失落了什么，有点迷惘。又像“怪东风着意相寻”，有点儿没主意！浪漫，极端的浪漫。“飞花满地谁为扫？”你问，情绪风似地吹动，卷过，停留在惜花上面。再回头看看，花依旧嫣然不语。“如此娉婷，谁人解看花意，”你更沉默，几乎热情地感到花的寂寞，开始怜花，把同情统统诗意地交给了花心！

这不是初恋，是未恋，正自觉“解看花意”的时代。情绪的不同，不止是男子和女子有分别，东方和西方也甚有差异。情绪即使根本相同，情绪的象征，情绪所寄托，所栖止的事物却常常不同。水和星子同西方情绪的联系，早就成了习惯。一颗星子在蓝天里闪，一流冷涧倾泄一片幽愁的平静，便激起他们诗情的波涌，心里甜蜜地，热情地便唱着由那些鹅羽的笔锋散下来的“她的眼如同星子在暮天里闪”，或是“明丽如同单独的那颗星，照着晚来的天”，或“多少次了，在一流碧水旁边，忧愁倚下她低垂的脸”。惜花，解花太东方，亲昵自然，含着人性的细致是东方传统的情绪。

此外年龄还有尺寸，一样是愁，却跃跃似喜，十六岁时的，微风零乱，不颓废，不空虚，巅着理想的脚充满希望，东方和西方却一样。人老了脉脉烟雨，愁吟或牢骚多折损诗的活泼。大家如香山，稼轩，东坡，放翁的白发华发，很少不梗在诗里，至少是令人不快。话说远了，刚说是惜花，东方老少都免不了这嗜好，这倒不论老的雪鬓曳杖，深闺里也就攒眉千度。

最叫人惜的花是海棠一类的“春红”，那样娇嫩明艳，开过了残红满地，太招惹同情和伤感。但在西方即使也有我们同样的花，也还缺乏我们的廊庑庭院。有了“庭院深深深几许”才有一种庭院里特有的情绪。如果李易安的“斜风细雨”底下不是“重门须闭”也就不“萧条”得那样深沉可爱；李后主的“终日谁来”也一样的别有寂寞滋味。看花更须庭院，常常锁在里面认识，不时还得有轩窗栏杆，给你一点凭藉，虽然也用不着十二栏杆倚遍，那么慵弱无聊。

当然旧诗里伤愁太多：一首诗竟像一张美的证券，可以照着市价去兑现！所以庭花，乱红，黄昏，寂寞太滥，时常失却诚实。西洋诗，恋爱总站在前头，或是“忘掉”，或是“记起”，月是为爱，花也是为爱，只使全是真情，也未尝不太腻味。就以两边好的来讲，拿他们的月光同我们的月色比，似乎是月色滋味深长得多。花更不用说了；我们的花“不是预备采下缀成花球，或花冠献给恋人的”，却是一树一树绰约的，个性的，自己立在情人的地位上接受恋歌的。

所以未恋时的对象最自然的是花，不是因为花而起的感慨，——十六岁时无所谓感慨，——仅是刚说过的自觉解花的情绪。寄托在那清丽无语的上边，你心折它绝韵孤高，你为花动了感情，实说你同花恋爱，也未尝不可，——那惊讶狂喜也不减于初恋。还有那凝望，那沉思……

一根蛛丝！记忆也同一根蛛丝，搭在梅花上就由梅花枝上牵引出去，虽未织成密网，这诗意的前后，也就是相隔十几年的情绪的联络。

午后的阳光仍然斜照，庭院阒然，离离疏影，房里窗棂和梅花依然伴和成为图案，两根蛛丝在冬天还可以算为奇迹，你望着它看，真有点像银，也有点像玻璃，偏偏那么斜挂在梅花的枝梢上。

作者简介

林徽因（1904—1955），中国著名建筑师、诗人、作家，是著名建筑学家梁思成的妻子。曾随父游历欧洲，深受欧洲建筑学的影响，后与梁思成共赴美学习建筑，回国后研究中国古典建筑，为这一领域奠定了基础。林徽因的诗歌、绘画和音乐在中国现代文坛上很有名气，代表作有《你是人间四月天》《八月的忧愁》《莲灯》等。

朗读指导

《蛛丝与梅花》刊登于1936年2月2日的《大公报·文艺副刊》，是一篇能体现林徽因个人志趣的小散文。林徽因出身显贵家庭，从小受到良好的教育，《与妻书》的作者林觉民是她的堂叔，父亲林长民是当时炙手可热的政治人物。她超凡的文艺才情得到了父亲的喜爱，父亲带她游历欧洲，开阔了她的眼界，让她接触到西方的文学和思想。她与庐隐、萧红和张爱玲等才女相比，人生经历更顺遂，文艺才情更惊艳，可谓是“名利双收”，她是20世纪前半叶最令人羡慕的女文人之一。

文字里的林徽因给人惊艳的感觉，这篇文字让人感觉到她独立的人格、温婉的性情、典雅的情趣。这是一篇让人读起来很舒服的散文，很适合在春光明媚的周末，与长辈一起坐在客厅分享这篇文章。朗读时，语调轻柔，有对人生淡淡的倾诉之意，一起感受林徽因的个人世界。

我理想的家庭

老舍

我的理想家庭要有七间小平房：一间是客厅，古玩字画全非必要，只要几把很舒服宽松的椅子，一二小桌。一间书房，书籍不少，不管什么头版与古本，而都是我所爱读的；一张书桌，桌面是中国漆的，放上热茶杯不至烫成个圆白印；文具不讲究，可是都很好用；桌上老有一两枝鲜花，插在小瓶里。两间卧室，我独居一间，没有臭虫，而有一张极大极软的床。在这个床上，横睡直睡都可以，不论咋睡都一躺下就舒服合适，好象陷在棉花堆里，一点也不碰硬骨头。还有一间，是预备给客人住的。此外是一间厨房，一个厕所，没有下房，因为根本不预备用仆人。家中不要电话，不要播音机，不要留声机，不要麻将牌，不要风扇，不要保险柜。缺乏的东西本来很多，不过这几项是故意不要的，有人白送给我也不要。

院子必须很大，靠墙有几株小果木树。除了一块长方的土地，平坦无草，足够打开太极拳的。其他的地方就都种着花草——没有一种珍贵费事的，只求昌茂多花。屋中至少有一只花猫，院中至少也有一两盆金鱼；小树上悬着小笼，二三绿蝈蝈随意地鸣着。

这就该说到人了。屋子不多，又不要仆人，人口自然不能很多：一妻和一儿一女就正合适。先生管擦地板与玻璃，打扫院子，收拾花木，给鱼换水，给蝈蝈一两块绿黄瓜或几个毛豆；并管上街送信买书等事宜。太太管做饭，女儿任助手——顶好是十二三岁，不准小也不准大，老是十二三岁。儿子顶好是三岁，既会讲话，又胖胖的会淘气。母女做饭之外，就做点针线，看小弟弟。大件衣服拿到外边去洗，小件的随时自己涮一涮。

这一家子人，因为吃的简单干净，而一天到晚不闲着，所以身体都很不坏。因为身体好，所以没有肝火，大家都不爱闹脾气。除了为小猫上房，金鱼甩子等事着急之外，谁也不急叱白脸的。

大家的相貌也都很体面，不令人望而生厌。衣服可并不讲究，都做的很结实朴素；永远不穿又臭又硬的皮鞋。男的很体面，可不露电影明星气；女的很健美，可不红唇鬈毛，鼻子朝着天。孩子们都不卷着舌头说话，淘气而不讨厌。

这个家庭顶好是在北平，其次是成都或青岛，至坏也得在苏州。无论怎样吧，反正必须在中国，因为中国是顶文明平安的国家；理想的家庭必须在理想的国家内也。

朗读指导

老舍出生于北京，是满族人，父亲早亡，母亲靠洗衣养活全家人的生活，从小生活贫困，受人资助上学。老舍对理想家庭的描述，简单不失温馨，朴素不脱离实际。他将平凡人的生活提升到一种艺术的境界，让人发现自己平常生活的美好。几间平房，一妻一子一女，身体健康，着装朴素结实……老舍的描述给人一种淡淡的幸福感，让人反省现有的生活，发现平常生活的美丽。

给长辈朗读时，情绪可以激昂一点，将作者对家庭的热爱抒发出来，可以跟长辈一起畅谈过往，谈谈对理想家庭的期望。

新月集·告别

泰戈尔

是我走的时候了，妈妈，我走了。

当清寂的黎明，你在暗中伸出双臂，要抱你睡在床上的孩子时，我要说道："孩子不在那里呀！"——妈妈，我走了。

我要变成一股清风抚摸着你；我要变成水的涟漪，当你浴时，把你吻了又吻。

大风之夜，当雨点在树叶中淅沥时，你在床上，会听见我的微语，当电光从开着的窗口闪进你的屋里时，我的笑声也偕了它一同闪进了。

如果你醒着躺在床上，想你的孩子到深夜，我便要从星空向你唱道："睡呀！妈妈，睡呀。"

我要坐在各处游荡的月光上，偷偷地来到你的床上，乘你睡着时，躺在你的胸上。

我要变成一个梦儿，从你的眼皮的微缝中，钻到你睡眠的深处。当你醒来吃惊地四望时，我便如闪耀的萤火似地熠熠地向暗中飞去了。

当普耶节日，邻舍家的孩子们来屋里游玩时，我便要融化在笛声里，整日价在你心头震荡。

亲爱的阿姨带了普耶礼来，问道："我们的孩子在哪里，姊姊？"妈妈，你将要柔声地告诉她："他呀，他现在是在我的瞳仁里，他现在是在我的身体里，在我的灵魂里。"

朗读指导

这首诗选自泰戈尔的《新月集》,《新月集》选自他的《儿童诗》。这一系列的诗歌创作于泰戈尔的中年时期，他当时经历着妻子和一双儿女先后离世的悲痛，但是泰戈尔并没有沉湎在悲痛之中，依然执着于对童真王国的追求，用自己的诗句表达母爱和童真的珍贵和纯真。

作者以一个孩子的口吻，表达了对母亲的深深依恋。这篇诗歌体现了诗人对纯真感情的歌颂。可以与自己的长辈分享这首诗，表达对长辈的眷恋。朗读时，语调轻柔，节奏欢畅，体会诗人对纯真情感的赞美。

致我的母亲

歌德

尽管长时间没有向你问安，
没给你写信，可是，别让你心里
产生怀疑，好像你儿子应有的
对你的深爱已经从我的胸中
消失。决非如此，就像那岩石，
在水底深深扎下永远的万年根，
它决不离开原处，哪怕是流水，
时而用风浪，时而用柔波从它
上面流过，使人们看不到它，
我对你的爱，也是如此离不开
我的胸中，尽管人生的长河，
时而受痛苦鞭笞，汹涌地卷过，
时而受欢乐的静静的抚爱，
遭到覆盖和阻拦，使它不能
向太阳露面，不能映着四周围
返照的阳光，在你这慈母的眼前
向你显示你儿子是怎样崇敬你。

作者简介

约翰·沃尔夫冈·冯·歌德（1749—1832），德国著名思想家、作家、科学家，德国“狂飙突进”运动代表人物之一。歌德的文学作品囊括了诗歌、小说、散文等各种文学体裁，形式极其丰富。歌德对世界文学的影响是巨大的，他的名作《浮士德》被称为“欧洲文学的四大古典名著之一”。

朗读指导

歌德一生有很多个身份，除了是一位优秀的作家，他早期曾为魏玛公国服务，中年时期迷恋上了自然科学研究，并在这一领域深耕不断，取得了一定成就。此外，歌德还是很有天赋的画家，留下了2000多幅绘画作品。1813年后，歌德开始对中国感兴趣，接触了许多中国的文学作品，这些中国文学作品也激发了歌德的创作灵感。

这首诗是歌德写给母亲的告白诗，表达了对母亲亘古不变的爱意，可谓是向母亲表达爱意的不二选择。诗人用水底岩石的坚固，比喻自己对母亲的爱，即使岁月如水奔流，对母亲的依恋永远不变。

将这首诗分享给你的长辈，尤其是女性长辈，用这首诗向她们致敬。朗读时，语速要慢，情感要饱满，表达出对母亲的无比敬意。

当一切入睡

雨果

当一切入睡，我常一个人独自清醒着，
仰望着布满闪烁繁星的夜空，
坐着草地上静静倾听夜的声音；
时间的脚步没有打断我的思路，
我对这个永恒的节日充满激动——
灿烂的天空将夜晚的光辉留给世界。

在这个沉睡的时刻，
我相信，只有我为此深深感动，
这是命中注定，只有我理解夜晚；
我，这个空幻、幽暗、无言的影像，
是夜的盛宴里的神秘之王，
夜空为我一人张灯结彩！

作者简介

维克多·雨果（1800—1885），法国著名作家，19世纪浪漫主义文学的代表作家，被人们称为“法兰西的莎士比亚”。雨果一生有长达六十年之久的写作时间，是位多产的作家和诗人。1870年普法战争期间，雨果曾参加国民自卫军，鼓舞人民投入斗争。1885年，雨果在巴黎去世，法国人民为雨果举行了国葬，雨果的遗体也被安葬在法国的“先贤祠”。

朗读指导

雨果一生的创作时间极长，前前后后持续了六十年，他还是一个多产的创作者，在诗歌、戏剧和小说等几个领域都有一定的成就，其中《悲惨世界》被认为是其艺术成就的高峰。他的作品大多站在人道主义的角度，创作主题赞颂真、善、美，鞭挞黑暗、丑恶、残暴。

雨果的诗感情激荡，气势磅礴，风格壮美。雨果认为诗人是自由的，诗歌是没有任何禁区的；诗人应有将激情、行为和梦想合为一体的能力。他认为人的心灵深处不乏良知，诗歌应具有深沉的人道主义精神，充满积极的乐观元素。

这是一首充满热情和乐观的诗歌，表达诗人对美丽夜空的热爱。在布满星星的夜晚，给父母朗读这首诗，和他们一起分享夜晚的宁静。

你要是在麦田里遇到了我

彭斯

哦，珍妮！
你全身湿透了，我可怜的人儿！
全身没有一点儿干的地方：
你拖曳着身后的长裙，
穿过麦田，走向我！

一

穿过麦田的可怜人儿啊！
走过麦田。
那身后的长裙啊，
跟你一起走向我！

二

你要是在麦田遇到了我，
我对你一见钟情！
当我吻上你，

我眼中不该满是眼泪吗？

三

你要是穿过峡谷遇到了我，
我对你难以忘怀，
如果你吻了我的嘴唇，
我一定不让别人知道！

四

你要是在谷田遇到了我，
我会记住你的身影，
你我深情相吻，
这只有你我知晓！

作者简介

罗伯特·彭斯（1759—1796），苏格兰著名农民诗人。彭斯出身于农民家庭，幼年只上过两年学，12岁之后才开始学习英文语法。他辛苦劳作，同时博览群书，涉猎各国文学。1783年，彭斯开始写诗。他的诗歌多使用苏格兰方言，充满着苏格兰民歌的韵味，富有音乐性。彭斯的诗以农民诗歌为源泉，歌颂了劳动者淳朴的友谊和爱情，为18世纪末的英国诗坛吹来一股新风。

朗读指导

这是一首充满文艺气息的诗，原诗是可以用来吟唱的，表达了作者对简单、纯净生活的向往。

作者主张辛苦劳作、自力更生，不计较名利与金钱，抛开世俗，回归本真。作者借这首诗表达一种独立于世的生活态度：无论世事如何变迁，都要保守一颗纯净的心。

我们可以在闲暇之余，将这首纯净的小诗朗读给长辈，与他们一起细细品味这首诗的韵味，感受诗人内心的纯净，回忆少年时与长辈在田间地头的时光。

瓦尔登湖（节选）

梭罗

有时候在布满月光的夜晚，我会在路上碰到很多猎狗，它们在树林中奔窜，当我走过时，好像很怕我，静静地躲在灌木丛中，等我走过了再出来。

为了我储藏的坚果，松鼠和野鼠争吵开了。我的屋子四周有二三十棵苍松，直径大概有一到四英寸，上个冬天，老鼠也曾光临过这里，——那是一个挪威式的冬天，雪长久地积着，积得很深，老鼠不得不动啃松树皮，补救它们的粮食短缺。

野兔是很常见的，整个冬天，我的屋子下面满是它们弄出的声响，只有地板隔开了我们。每天早晨，当我有什么动静，它们便四处逃窜，——砰，砰，砰，我听到它们匆忙之中撞到地板的声音。黄昏时，它们常常绕到我的门口，消灭我扔掉的土豆皮，它们毛发的颜色和土地有些相似，当它静止的时候，你几乎无法辨别。有时，对于一动不动呆坐在我窗下的野兔，我忽而看得见，忽而看不见。要是我推开了门，它们变吱吱地叫着一跃而去。

田野上如果没有兔子和鹧鸪，还算什么田野？这些动物是最简单的，也是土生土长的，在远古时期，就出现在大地上，与大自然有着同样的色彩，像树叶，是土地最亲密的战友，它们既不是飞禽，可以徜徉于天空，又不是走兽，可以狂奔在田野。看到兔子和鹧鸪跑掉的时候，你不觉得它们是禽兽，它们是大自然的一部分，像飒飒的落叶。不管有什么样的改变，都不会消失，就像土著人一样。即使森林消失了，灌木和草原还可以藏起它们，它们或许还能更繁盛呢。不能供养一只兔子的田野是贫瘠的。我们的森林对于它们两者都很适宜，还有我们的沼泽周围，这些地方都很适合兔子和鹧鸪步行，而牧童们会在它们活动的范围，用细树枝围起篱笆、布上陷阱。

作者简介

亨利·戴维·梭罗（1817—1862），19 世纪美国最具有世界影响力的作家、哲学家。梭罗毕业于哈佛大学，毕业后回到家乡以教书为业，开始创作文学，他崇尚简单朴实、贴近大自然的生活，写下了著名散文《瓦尔登湖》和论文《论公民的不服从权利》，他的文章清新自然，简洁却不失内涵，是 19 世纪文学界的一股清流。

朗读指导

《瓦尔登湖》创作于 19 世纪上半叶，当时美国正处于农业时代向工业时代转型的社会过渡期。在这一特殊社会背景下，作者在瓦尔登湖独居了两年多，而这本散文集就是作者独居瓦尔登湖的生活写照。在这本散文中，梭罗记录了瓦尔登湖的优美风光，也抒发了自己在瓦尔登湖生活的点滴感触，描写了瓦尔登湖的松鼠、野鼠、兔子、松林等诸多大自然中的事物。

作者笔下的瓦尔登湖带给读者一种简朴、宁静，这与当时人们贪图名利、疯狂追逐物质生活的社会现状形成了鲜明的对比，作者借此来讽刺那些违反自然规律、肆意开采的丑恶行为。

整篇文章用生动、纯朴的语言，营造了轻松、愉快的氛围。可以在与长辈一起去郊外田野远足时读给他们听。朗读时，语调轻快，体会作者对大自然的热爱。

CHAPTER 4

第四辑

从容，最美不过夕阳红

威尼斯

朱自清

威尼斯是一个别致地方。出了火车站，你立刻便会觉得；这里没有汽车，要到那儿，不是搭小火轮，便是雇“刚朵拉”（Gondola）。大运河穿过威尼斯像反写的S；这就是大街。另有小河道四百十八条，这些就是小胡同。轮船像公共汽车，在大街上走；“刚朵拉”是一种摇橹的小船，威尼斯所特有，它那儿都去。威尼斯并非没有桥；三百七十八座，有的是。

只要不怕转弯抹角，那儿都走得到，用不着下河去。可是轮船中人还是很多，“刚朵拉”的买卖也似乎并不坏。威尼斯是“海中的城”，在意大利半岛的东北角上，是一群小岛，外面一道沙堤隔开亚得利亚海。

在圣马克方场的钟楼上看，团花簇锦似的东一块西一块在绿波里荡漾着。远处是水天相接，一片茫茫。这里没有什么煤烟，天空干干净净；在温和的日光中，一切都像透明的。中国人到此，仿佛在江南的水乡；夏初从欧洲北部来的，在这儿还可看见清清楚楚的春天的背影。海水那么绿，那么酽，会带你到梦中去。

威尼斯不单是明媚，在圣马克方场走走就知道。

这个方场南面临着一道运河；场中偏东南便是那可以望远

的钟楼。威尼斯最热闹的地方是这儿，最华妙庄严的地方也是这儿。除了西边，围着的都是三百年以上的建筑，东边居中是圣马克堂，却有了八九百年——钟楼便在它的右首。再向右是“新衙门”；教堂左首是“老衙门”。这两溜儿楼房的下一层，现在满开了铺子。铺子前面是长廊，一天到晚是来来去去的人。紧接着教堂，直伸向运河去的是公爷府；这个一半属于小方场，另一半便属于运河了。

圣马克堂是方场的主人，建筑在十一世纪，原是卑赞廷式，以直线为主。十四世纪加上戈昔式的装饰，如尖拱门等；十七世纪又参入文艺复兴期的装饰，如栏干等。所以庄严华妙，兼而有之；这正是威尼斯人的漂亮劲儿。教堂里屋顶与墙壁上满是碎玻璃嵌成的画，大概是真金色的地，蓝色和红色的圣灵像。这些像做得非常肃穆。教堂的地是用大理石铺的，颜色花样种种不同。在那种空阔阴暗的氛围中，你觉得伟丽，也觉得森严。

教堂左右那两溜儿楼房，式样各别，并不对称；钟楼高三百二十二英尺，也偏在一边儿。但这两溜房子都是三层，都有许多拱门，恰与教堂的门面与圆顶相称；又都是白石造成，越衬出教堂的金碧辉煌来。教堂右边是向运河去的路，是一个小方场，本来显得空阔些，钟楼恰好填了这个空子。好像我们戏里大将出场，后面一杆旗子总是偏着取势；这方场中的建筑，节奏其实是和谐不过的。

十八世纪意大利卡那来陀（Canaletto）一派画家专画威尼斯

的建筑，取材于这方场的很多。德国德莱司敦画院中有几张，真好。公爷府里有好些名人的壁画和屋顶画，丁陶来陀(TinDtoretto，十六世纪) 的大画《乐园》最著名；但更重要的是它建筑的价值。运河上有了这所房子，增加了不少颜色。

这全然是戈昔式；动工在九世纪初，以后屡次遭火，屡次重修，现在的据说还是原来的式样。最好看的是它的西南两面；西面斜对着圣马克方场，南面正在运河上。

在运河里看，真像在画中。它也是三层：下两层是尖拱门，一眼看去，无数的柱子。最下层的拱门简单疏阔，是载重的样子；上一层便繁密得多，为装饰之用；最上层却更简单，一根柱子没有，除了疏疏落落的窗和门之外，都是整块的墙面。墙面上用白的与玫瑰红的大理石砌成素朴的方纹，在日光里鲜明得像少女一般。

威尼斯人真不愧着色的能手。这所房子从运河中看，好像在水里。下两层是玲珑的架子，上一层才是屋子；这是很巧的结构，加上那艳而雅的颜色，令人有惝恍迷离之感。府后有太息桥；从前一边是监狱，一边是法院，狱囚提讯须过这里，所以得名。拜伦诗中曾咏此，因而便脍炙人口起来，其实也只是近世的东西。

威尼斯的夜曲是很著名的。夜曲本是一种抒情的曲子，夜晚在人家窗下随便唱。可是运河里也有：晚上在圣马克方场的河边上，看见河中有红绿的纸球灯，便是唱夜曲的船。雇了“刚朵拉”摇过去，靠着那个船停下，船在水中间，两边挨次排着“刚朵拉”，在微波里荡着，像是两只翅膀。唱曲的有男有女，围着一张桌子坐，轮到了便站起来唱，旁边有音乐和着。曲词自然是意大利语，意大利的语音据说最纯粹，最清朗。听起来似乎的确斩截些，女人的尤其如此——意大利的歌女是出名的。音乐节奏繁密，声情热烈，想来是最流行的“爵士乐”。

在微微摇摆地红绿灯球底下，颤着酽酽的歌喉，运河上一片朦胧的夜也似乎透出玫瑰红的样子。唱完几曲之后，船上有人跨过来，反拿着帽子收钱，多少随意。不愿意听了，还可摇到第二处去。这个略略像当年的秦淮河的光景，但秦淮河却热闹得多。

从圣马克方场向西北去，有两个教堂在艺术上是很重要的。一个是圣罗珂堂，旁边有一所屋子，墙上屋顶上满是画；楼上下大小三间屋，共六十二幅画，是丁陶来陀的手笔。屋里暗极，只有早晨看得清楚。丁陶来陀作画时，因地制宜，大部分只粗粗钩勒，利用阴影，教人看了觉得是几经琢磨似的。《十字架》一幅在楼上小屋内，力量最雄厚。佛拉利堂在圣罗珂近旁，有大画家铁沁（Titian，十六世纪）和近代雕刻家卡奴洼（Canova）的纪念碑。卡奴洼的，灵巧，是自己打的样子；铁沁的，宏壮，是十九世纪中叶才完成的。他的《圣处女升天图》挂在神坛后面，那朱红与亮蓝两种颜色鲜明极了，全幅气韵流动，如风行水上。倍里尼（GiovanniBellini，十五世纪）的《圣母像》，也是他的精品。他们都还有别的画在这个教堂里。

从圣马克方场沿河直向东去，有一处公园；从一八九五年起，每两年在此地开国际艺术展览会一次。今年是第十八届；加入展览的有意，荷，比，西，丹，法，英，奥，苏俄，美，匈，瑞士，波兰等十三国，意大利的东西自然最多，种类繁极了；未来派立体派的图画雕刻，都可见到，还有别的许多新奇的作品，说不出路数。颜色大概鲜明，教人眼睛发亮；建筑也是新式，作品不多，大概是工农生活的表现，兼有沉毅和高兴的调子。他们也用鲜明的颜色，但显然没有很费心思在艺术上，作风老老实实，并不向牛犄角里寻找新奇的玩意儿。

威尼斯的玻璃器皿，刻花皮件，都是名产，以典丽风华胜，绛丝也不错。大理石小雕像，是著名大品的缩本，出于名手的还有味。

朗读指导

朱自清的文字像画笔一样，给读者呈现出一幅清晰细致的白描画。大家都见识过《荷塘月色》如诗如画般的优美。这篇《威尼斯》的一字一句里没有什么华丽的词语，却将威尼斯的风味描写得淋漓尽致。朱自清用文字描述景色的能力让人惊叹，这也许就是他的散文的魅力，平淡却不乏风情。

画家用颜色来描绘世界，摄影师用镜头来复制世界，文学家用情怀和文字扩展世界。威尼斯的名气享誉全球，给长辈们朗读这篇文字，和他们一起感受欧洲景色的别致。

十一月的小村

林徽因

我想象我在轻轻的独语：
十一月的小村外是怎样个去处？
是这渺茫江边淡泊的天，
是这映红了的叶子疏疏隔着雾；
是乡愁，是这许多说不出的寂寞；
还是这条独自转折来去的山路？
是村子迷惘了，绕出一丝丝青烟；
是那白沙一片篁竹围着的茅屋？
是枯柴爆裂着灶火的声响，
是童子缩颈落叶林中的歌唱？
是老农随着耕牛，远远过去，
还是那坡边零落在吃草的牛羊？
是什么做成这十一月的心，
十一月的灵魂又是谁的病？
山坳子叫我立住的仅是一面黄土墙；
下午通过云雾那点子太阳！
一棵野藤绊住一角老墙头，斜睨

两根青石架起的大门，倒在路旁
无论我坐着，我又走开，
我都一样心跳；我的心前
虽然烦乱，总像绕着许多云彩，
但寂寂一湾水田，这几处荒坟，
它们永说不清谁是这一切主宰
我折一根柱枝，看下午最长的日影
要等待十一月的回答微风中吹来。

朗读指导

《十一月的小村》创作于抗战时期，是林徽因在病中创作的一首新诗。当时，她与梁思成为躲避战乱，在西南小镇李庄暂住，重病缠身的她只能赋诗一首，表达自己充盈淡淡愁绪的心情。全诗没有浓墨重彩，只用淡淡几笔勾勒出一个十一月的田园小村，却无比形象、生动。十一月的小村是乡愁，十一月的心有些清瘦，十一月的灵魂带着风，她用无言的感伤摄住读者的心魄。

林徽因作为一代才女，即使在躲避战乱的奔波中，依然保留着一份安静，即使疾病缠身，依然在文字里面浸染着一份骄傲。在十一月的风起时，与长辈分享这首有关十一月的小诗，朗读时，语调轻柔，带着丝丝的愁绪，慢慢体味诗人在十一月小村的细细倾诉。

常州天宁寺闻礼忏声

徐志摩

有如在火一般可爱的阳光里，偃卧在长梗的，杂乱的丛草里，听初夏第一声的鹧鸪，从天边直响入云中，从云中又回响到天边；

有如在月夜的沙漠里，月光温柔的手指，轻轻的抚摩着一颗颗热伤了的砂砾，在鹅绒般软滑的热带的空气里，听一个骆驼的铃声，轻灵的，轻灵的，在远处响着，近了，近了，又远了……

有如在一个荒凉的山谷里，大胆的黄昏星，独自临照着阳光死去了的宇宙，野草与野树默默的祈祷着。听一个瞎子，手扶着一个幼童，铛的一响算命锣，在这黑沉沉的世界里回响着；

有如在大海里的一块礁石上，浪涛像猛虎般的狂扑着，天空紧紧的绷着黑云的厚幕，听大海向那威吓着的风暴，低声的，柔声的，忏悔它一切的罪恶；

有如在喜马拉雅的顶颠，听天外的风，追赶着天外的云的急步声，在无数雪亮的山壑间回响着；

有如在生命的舞台的幕背，听空虚的笑声，失望与痛苦的呼答声，残杀与淫暴的狂欢声，厌世与自杀的高歌声，在生命的舞台上合奏着；

我听着了天宁寺的礼忏声！

这是哪里来的神明？人间再没有这样的境界！

这鼓一声，钟一声，磬一声，木鱼一声，佛号一声……

乐音在大殿里，迂缓的，曼长的回荡着，无数冲突的波流谐合了，无数相反的色彩净化了，无数现世的高低消灭了……

这一声佛号，一声钟，一声鼓，一声木鱼，一声磬，谐音盘礴在宇宙间——解开一小颗时间的埃尘，收束了无量数世纪的因果；

这是哪里来的大和谐——星海里的光彩，大千世界的音籁，真生命的洪流：止息了一切的动，一切的扰攘；

在天地的尽头，在金漆的殿椽间，在佛像的眉宇间，在我的衣袖里，在耳鬓边，在官感里，在心灵里，在梦里，……

在梦里，这一瞥间的显示，青天，白水，绿草，慈母温软的胸怀，是故乡吗？是故乡吗？光明的翅羽，在无极中飞舞！

大圆觉底里流出的欢喜，在伟大的，庄严的，寂灭的，无疆的，和谐的静定中实现了！

颂美呀，涅槃！赞美呀，涅槃！

朗读指导

这首诗写于1923年10月26日，初载于同年11月11日《晨报·文学旬报》。雪莱说诗人是世界的“立法者”，在一定的意义上，诗人充当了万物灵性、神性、诗性的聆听者、命名者和发送者。诗人之所以为诗人，是因为他能独立于世俗之外，寻找到被掩藏的本真和诗性，呈现出真和美，并通过语言，让它们被世人所吸收。

就如这篇《常州天宁寺闻礼忏声》的散文诗，倘若不是诗人，是不能感受到天地人神的和谐的。非但如此，诗人还聆听到了“大美无言”的静，让神性和诗性进入心灵。

这首散文诗让读者感受到一个纯净的世界，并不禁为这肃穆的礼忏声起敬。这首诗适合在安静的清晨为长辈朗读，朗读时，声音洪亮，感情充沛，体现出诗人对这充满信仰世界的颂扬。

蝉与纺织娘

郑振铎

你如果有福气独自坐在窗内，静悄悄的没一个人来打扰我，一点钟，两点钟的过去，嘴里衔着一支烟，躺在沙发上慢慢的喷着烟云，看它一白圈一白圈的升上，那末在这静境之内，你便可以听到那墙角阶前的鸣虫的奏乐。

那鸣虫的作响，真不是凡响；如果你曾听见过曼杜令的低奏，你曾听见过一支洞箫在月下湖上独吹着；你曾听见过红楼的重幔中透漏出的弦管声，你曾听见过流水淙淙的由溪石间流过，或你曾倚在山阁上听着飒飒的松风在足下拂过，那末，你便可以把那如何清幽的鸣虫之叫声想像到一二了。

虫之乐队，因季候的关系而颇不同，夏天与秋令的虫声，便是截然的两样。蝉之声是高旷的，享乐的，带着自己满足之意的；它高高的栖在梧桐树或竹枝上，迎风而唱，那是生之歌，生之盛年之歌，那是结婚曲，那是中世纪武士美人的大宴时的行吟诗人之歌。无论听了那叽——叽——的曼长声，或叽格——叽格——的较短声，都可同样的受到一种轻快的美感。秋虫的鸣声最复杂。但无论纺织娘的咭嘎，蟋蟀的唧唧，金铃子之叮令，还有无数无数不可名状的秋虫之鸣声，其声调之凄抑却都是一样的；它们唱的是秋之歌，是暮年之歌，是薤露之曲。它们的歌声，是如秋风之扫落叶，怨妇之奏琵琶，孤峭而幽奇，清远而凄迷，低徊而愁肠百结。你如果是一个孤客，独宿于荒郊逆旅，一盏荧荧的油灯，对着一张板床，一张木桌，一二张硬板凳，再一听见四壁唧唧知知的虫声间作，那你今夜便不用再想稳稳的安睡了，什么愁情，乡思，以及人生之悲感，都会一串串的从根儿勾引起来，在你心上翻来覆去，如白老鼠在戏笼中走轮盘一般，一上去便不用想下来憩息。如果你不是一个客人，你有家庭，你有很好的太太，你并没有什么闲愁胡想，那末，在你太太已睡之后，你想在书房中静静的写些东西时，这唧唧的秋虫之声却也会无端的窜入你的心里，翻掘起你向不曾有过的一种凄感呢。如果那一夜是一个月夜，天井里统是银白色，枯秃的树影，一根一条的很清朗的印在地上，那末你的感触将更深了。那也许就是所谓悲秋。

秋虫之声，大都在蝉之夏曲已告终之后出现，那正与气候之寒暖相应。但我却有一次奇异的经验；在无数的纺织娘之鸣声已来了之后，却又听得满耳的蝉声。我想我们的读者中有这种经验的人是必不多的。

我在山中，每天听见的只有蝉声，鸟声还比不上。那时天气是很热，即在山上，也觉得并不凉爽。正午的时候，躺在廊前的藤榻上，要求一点的凉风，却见满山的竹树梢头，一动也不动，看看足底下的花草，也都静静的站着，如老僧入了定似的。

风扇之类既得不到，只好不断的用手巾来拭汗，不断的在摇挥那纸扇了。在这时候,往往有几缕的蝉声在槛外鸣奏着。闭了目，静静的听了它们在忽高忽低，忽断忽续，此唱彼和，仿佛是一大阵绝清幽的乐队在那里奏着绝清幽的曲子，炎热似乎也减少了,然后,的的睡去了,什么都不觉得。良久,良久,清梦醒来时，却又是满耳的蝉声。山中的蝉真多！绝早的清晨，老妈子们和小孩子们常去抱着竹竿乱摇一阵，而一只二只的蝉便要跟随了朝露而落到地上了。每一个早晨，在我们滴翠轩的左近，至少是百只以上之蝉是这样的被捉。但蝉声并不减少。

常常的，一只蝉两只蝉，叽的一声，飞入房内，如平时我们所见的青油虫及灯蛾之飞入一样。这也是必定被人所捉的。有一天，见有什么东西在槛外倒水的铅斗中咯笃咯笃的作响，俯身到槛外一看，却又是一只蝉，这当然又是一个俘虏了。还有好几次，在山脊上走时，忽见矮林丛中有什么东西在动，拨开林丛一看，却也是一只蝉。它是被竹枝竹叶挡阻住了不能飞去。我把它拾在手中。同行的心南先生说，“这有什么稀奇，放走了它吧。要多少还怕没有！”我便顺手把它向风中一送，它悠悠扬扬的飞去很远很远，渐渐的不见了。我想不到这只蝉就是刚才在地上拾了来的那一只！

初到时，颇想把它们捉几个寄上海去送送人。有一次，便托了老妈子去捉。她在第二天一早，果然捉了五六只来放在一个大香烟纸盒中，不料给依真一见，她却吵着，带强迫的要去。

我又托那个老妈子去捉。第二天，又捉了四五只来，依真的纸盒中却只剩下两只活的，其余的都死了。到了晚上，我的几只，也死了一半。因此，寄到上海的计划遂根本的打消了。从此以后，便也不再托人去捉，自己偶然捉来的，也都随手的放去了。那样不经久的东西，留下了它干什么用！不过孩子们却还热心的去捉。依真每天要捉至少三只以上用细绳子缚在铁杆上。有一次，曾有一只蝉居然带了红绳子逃去了；很长的一根红绳子，拖在它后面，在风中飘荡着，很有趣味。

半个月过去了；有的时候，似乎蝉声略少，第二天却又多了起来。虽然是叽——叽——的不息的鸣着，却并不觉喧扰；所以大家都不讨厌它们。我却特别的爱听它们的歌唱，那样的高旷清远的调子，在什么音乐会中可以听得到！我以我每以蝉声将绝为虑，时时的干涉孩子们的捕捉。

到了一夜，狂风大作，雨点如从水龙头上喷出似的，向槛内廊上倾倒。第二天还不放晴。再过一天，晴了，天气却很凉，蝉声乃不再听见了！全山上在鸣唱着的却换了一种咭嘎——咭嘎——的急促而凄楚的调子，那是纺织娘。

“秋天到了。”我这样的说着，颇动了归心。

再一天，纺织娘还是咭嘎咭嘎的唱着。

然而，第三天早晨，当太阳晒得满山时，蝉声却又听见了！且很不少。我初听不信；叽——叽——叽格——叽格——那确是蝉声！纺织娘之声却又潜踪了。

蝉回来了，跟它回来的是炎夏。从箱中取出的棉衣又复入箱中。下山之计遂又打消了。

谁曾于听了纺织娘歌声之后再听见蝉的夏曲呢？这是我的一个有趣的经验。

作者简介

郑振铎（1898—1958），现代作家、学者、翻译家，新文化运动倡导者之一。他曾与周作人、叶圣陶、沈雁冰等人在20世纪20年代成立了第一个文学社团“文学研究会”，一生创作了很多散文、诗歌、小说。曾做过报纸杂志的编辑，还是一位满腹经纶的大学教授。1958年，郑振铎因飞机失事不幸遇难。

朗读指导

郑振铎在中国近代文坛上作出过突出的学术贡献。他做翻译，当老师，写文章，做一行专一行，还极富有爱国情操，践行着一代文人的社会责任，成为中国文人的一代楷模。他翻译的《飞鸟集》和《新月集》是中国新诗的代表作，被认为是泰戈尔诗集的经典版本。他从事文艺研究，主编出版大量学术著作。他的散文平实朴素，给人一种淡淡的感觉，但是却极有风骨，给人以力量。

这篇散文创作于一个秋天的夜里，描述了蝉声与纺织娘的声音。夜深人静之时，当别人都入睡时，作者独自欣赏着这大自然的各种虫鸣，它们的声音像曼杜令的低奏，跟箫声、弦管声、山间流水声一样悦耳动听。

这篇文章是作者对万物生命的赞美和歌颂。作者在文章中对蝉鸣、纺织娘的声音及其他虫鸣做了细致、生动的描写，体现了作者对生活的细致观察，对生活和大自然的热爱。

带着长辈去远足，在鸟语花香的野外，坐在草地上，给他们朗读这篇文章。朗读时，声音高亢，语调轻快，体会作者享受美好生活的惬意。

超山的梅花（节选）

郁达夫

超山的梅花，向来是开在立春前后的；梅干极粗极大，枝叉离披四散，五步一丛，十步一坂，每个梅林，总有千株内外，一株的花朵，又有万颗左右；故而开的时候，香气远传到十里之外的临平山麓，登高而远望下来，自然自我一个雪海；近年来虽说梅株减少了一点，但我想比到罗浮的仙境。总也只有过之，不会不及。

从杭州到超山去的汽车路上，过临平山后，两旁已经有一处一处的梅林在迎送了，而汇聚得最多，游人所必到的看梅胜地，大抵总在汽车站西南，超山东北麓，报慈寺大明堂（亦称大明寺）前头，梅花丛里有一个周梦坡筑的宋梅亭在那里的周围五六里地的一圈地方。

报慈寺里的大殿（大约就是大明堂了罢？），前几年被寺的仇人毁坏了，当时还烧死了一位当家和尚在殿东一块石碑之下。但殿后的一块刻有吴道子画的大士像的石碑，还好好地镶在壁里，丝毫也没有动。去年我去的时候，寺僧刚在募化重修大殿；殿外面的东头，并且已经盖好了三间厢房在作客室。后面高一段的三间后殿，火烧时也不曾烧去，和尚手指着立在殿后壁里的那一块石刻大士像碑说：“这都是这位大慈大悲救苦救难广大灵感观世音菩萨的福佑！”

在何春渚删成的《塘栖志略》里，说大明寺前有一口井，井水甘洌！旁树石碣，刻有“一人堂堂，二曜重光，泉深尺一，点去冰旁；二人相连，不欠一边，三梁四柱烈火然，添却双钩两日全”之碑铭，不识何意等语。但我去大明堂（寺）的时候，却既不见井，也不见碑；而这条碑铭，我从前是曾在一部笔记叫做《桂苑丛谈》的书里看到过一次的。这书记载着：“令狐相公出镇淮海日，支使班蒙，与从事诸人，俱游大明寺之西廊，忽睹前壁，题有此铭，诸宾皆莫能辨，独班支使曰：‘得非大明寺水，天下无此八字乎？’众皆恍然。”从此看来，《塘栖志略》里所说的大明寺井碑，应是抄来的文章，而编者所谓不识何意者，还是他在故弄玄虚。当然，寺在山麓，地又近水，寺前寺后，井是当然有一口的；井里的泉，也当然是清洌的；不过此碑此铭，却总有点儿可疑。

大明寺前的所谓宋梅，是一棵曲屈苍老，根脚边只剩了两条树皮围拱，中间空心，上面枝干四叉的梅树。因为怕有人折，树外面全部是用一铁丝网罩住的。树当然是一株老树，起码也要比我的年纪大一两倍，但究竟是不是宋梅，我却不敢断定。去年秋天，曾在天台山国清寺的伽蓝殿前，看见过一株所谓隋梅；前年冬天，也曾在临平山下安隐寺里看见过一枝所谓唐梅；但所谓隋，所谓唐，所谓宋等等，我想也不过“所谓”而已，究竟如何，还得去问问植物考古的专家才行。

出大明堂，从梅花林里穿过，西面从吴昌硕的坟旁一条石砌路上攀登上去，是上超山顶去的大路了。一路上有许多同梦也似的疏林，一株两株如被遗忘了似的红白梅花，不少的坟园，在招你上山，到了半山的竹林边的真武殿（俗称中圣殿）外，超山之所以为超，就有点感觉得到了；从这里向东西北的三面望去，是汪洋的湖水，曲折的河身，无数的果树，不断的低岗，还有塘的两面的点点的人家；这便算是塘栖一带的水乡全景的鸟瞰。

从中圣殿再沿石级上去，走过黑龙潭，更走二里，就可以到山顶，第一要使你骇一跳的，是没有到上圣殿之先的那一座天然石筑的天门。到了这里，你才晓得超山的奇特，才晓得志上所说的“山有石鱼石笋等，他石多异形，如人兽状。”诸记载的不虚。实实在在，超山的好处，是在山头一堆石，山下万梅花，至若东瞻大海，南眺钱江，田畴如井，河道如肠，桑麻遍地，云树连天等形容词，则凡在杭州东面的高处，如临平山黄鹤峰上都用得着的，并非是超山独一无二的绝景。

作者简介

郁达夫（1896—1945），浙江富阳人，原名郁文，现代小说家、散文家、革命烈士。郁达夫是“创造社”的发起人之一，在抗日救国事业中殉难，是一位伟大的爱国主义作家，在抗日救国时期，郁达夫先后在上海、武汉等地积极参与宣传活动，代表作品有《故都的秋》《春风沉醉的晚上》等。

朗读指导

《超山的梅花》是郁达夫创作的散文随笔。如今的超山风景区位于杭州市东北的方向，距市区 29 公里，是杭州市风景名胜的一个重要组成部分。

超山的梅花以“古、广、奇”三绝而名扬天下，有“十里梅花香雪海”之美誉。在这篇文章里，作者把超山的梅花、超山的地理位置和超山的风土人情，一览无余地呈现在了读者的面前，使人有如临其境之感。作者赞美了超山的梅花，不只是因为超山的梅花有多美，更多赞美了人们因此得到的富足生活。

在静寂荒凉的冬天，给长辈朗读这篇充满春意的小文，和他们一起体会作者欢快的心情。朗读时，语速正常，注意长句停顿，以及与被分享者的互动。

月夜孤舟

庐隐

发发弗弗的飘风，午后吹得更起劲，游人都带着倦意寻觅归程。马路上人迹寥落，但黄昏时风已渐息，柳枝轻轻款摆，翠碧的景山巅上，斜辉散霞，紫罗兰的云幔，横铺在西方的天际。他们在松阴下，迈上轻舟，慢摇兰桨，荡向碧玉似的河心去。

全船的人都悄默地看远山群岫，轻吐云烟，听舟底的细水潺湲，渐渐的四境包溶于模糊的轮廓里，这景地更清幽了。

他们的小舟，沿着河岸慢慢地前进。这时淡蓝的云幕上，满缀着金星，皎月盈盈下窥，河上没有第二只游船，只剩下他们那一叶的孤舟，吻着碧流，悄悄地前进。

这孤舟上的人们——有寻春的骄子，有飘泊的归客，在咿呀的桨声中，夹杂着欢情的低吟和凄意的叹息。把舵的阮君在清辉下，辨认着孤舟的方向，森帮着摇桨，这时他们的确负有伟大的使命，可以使人们得到安全，也可以使人们沉溺于死的深渊。森努力拨开牵绊的水藻，舟已到河心。这时月白光清，银波雪浪动了沙的豪兴，她扣着船舷唱道：

十里银河堆雪浪，
四顾何茫茫？
这一叶孤舟轻荡，
荡向那天河深处；
只恐玉宇琼楼高处不胜寒！
……
我欲叩苍穹，
问何处是隔绝人天的离恨宫？
奈雾锁云封！
奈雾锁云封！
绵绵恨……几时终！

这凄凉的歌声使独坐船尾的鞶黯然了，她呆望天涯，悄数陨堕的生命之花；而今呵，不敢对冷月逼视，不敢向苍天伸诉。这深抑的幽怨，使得她低默饮泣。

自然，在这展布无底缺陷的人间，谁曾看见过不谢的好花？只要在静默中掀起心幕，摧毁和焚炙的伤痕斑斑可认。这时全船的人，都觉灵弦凄紧，虞斜倚船舷，仿佛万千愁恨，都要向清流洗涤，都要向河底深埋。

天真的丽，他神经更脆弱，他凝视着含泪的鞶，狂痴的沙，仿佛将有不可思议的暴风雨来临，要摧毁世间的一切，尤其要捣碎雨后憔悴的梨花，他颤抖着稚弱的心，他发愁，他叹息，这时的四境实在太凄凉了！

沙呢，她原是飘泊的归客，并且归来后依旧飘泊，她对着这凉云淡雾中的月影波光，只觉幽怨凄楚，她几次问青天，但苍天冥冥依旧无言！这孤舟夜泛，这冷月只影，都似曾相识——但细听没有灵隐深处的钟磬声，细认也没有雷峰塔痕，在她毁灭而不曾毁灭尽的生命中，这的确是一个深深的伤痕。

八年前的一个月夜，是她悄送掉童心的纯洁，接受人间的绮情柔意，她和青在月影下，双影厮并，她那时如依人的小鸟，如迷醉的酴醾，她傲视冷月，她窃笑行云。

但今夜呵！一样的月影波光，然而她和青已隔绝人天，让月儿蹂躏这寞落的心。她扎挣残喘，要向月姊问青的消息，但月姊只是阴森的惨笑，只是傲然的凌视，——指示她的孤独。唉！她在将凄音冲破行云，枉将哀调深渗海底，——天意永远是不可思议！

沙低声默泣，全船的人都罩在绮丽的哀愁中。这时船已穿过玉桥，两岸灯光，映射波中，似乎万蛇舞动，金彩飞腾。沙凄然道："这到底是梦境，还是人间？"

鞏道："人间便是梦境，何必问哪一件是梦，哪一件非梦！"

"呵！人间便是梦境，但不幸的人类，为什么永远没有快活的梦，……这惨愁，为什么没有焚化的可能？"

大家都默然无言，只有阮君依然努力把舵，森不住地摇桨，这船又从河心荡向河岸，"夜深了，归去罢！"森仿佛有些倦了，于是将船儿泊在岸旁，他们都离开这美妙的月影波光，在黑夜中摸索他们的归程。

月儿斜倚翡翠云屏，柳丝细拂这归去的人们，——这月夜孤舟又是一番梦痕！

作者简介

庐隐（1898—1934），原名黄淑仪，是五四运动时期著名的女作家，曾与冰心、林徽因齐名。她的创作风格有的直爽坦率，有的哀婉缠绵，代表作品有《地上的乐园》《曼丽》《灵海潮汐》等。

朗读指导

庐隐的作品总是透露着哀伤悲戚，这都源于她坎坷的、没有感受过家庭温暖的人生经历。在这种没有爱意的环境中，庐隐一个人孤独地成长，虽然长大后被家人关注，但心里总是有一抹悲凉，于是她将这种情绪糅合在作品中，形成了一种“悲美”的文风。

庐隐如同划过苍穹的流星，在短暂的绚烂生命中，留下了许多细腻又感性的文字。这篇《月夜孤舟》描写了月夜静默的风景，讲述了“寻春的骄子”和“飘泊的归客”在夜里追梦的经历。

在静寂的月夜，坐在窗前，朗读这篇文章，与长辈一起重走跨越 80 年的追梦之路，朗读时，前半部分用轻快的节奏朗读，后半部分用稍缓慢的节奏朗读，体会庐隐纯粹的文学韵味，以及她对人生的感悟。

浮生六记（节选）

沈复

癸卯春，余从思斋先生就维扬之聘，始见金、焦面目。金山宜远观，焦山宜近视，惜余往来其间未尝登眺。渡江而北，渔洋所谓“绿杨城郭是扬州”一语已活现矣！平山堂离城约三四里，行其途有八九里，虽全是人工，而奇思幻想，点缀天然，即阆苑瑶池、琼楼玉宇，谅不过此。其妙处在十余家之园亭合而为一，联络至山，气势俱贯。其最难位置处，出城入景，有一里许紧沿城郭。夫城缀于旷远重山间，方可入画，园林有此，蠢笨绝伦。而观其或亭或台、或墙或石、或竹或树，半隐半露间，使游人不觉其触目，此非胸有丘壑者断难下手。城尽，以虹园为首折而向北，有石梁曰“虹桥”，不知园以桥名乎？桥以园名乎？荡舟过，曰“长堤春柳”，此景不缀城脚而缀于此，更见布置之妙。再折而西，垒土立庙，曰“小金山”，有此一挡便觉气势紧凑，亦非俗笔。闻此地本沙土，屡筑不成，用木排若干，层叠加土，费数万金乃成，若非商家，乌能如是。过此有胜概楼，年年观竞渡于此。河面较宽，南北跨一莲花桥，桥门通八面，桥面设五亭，扬人呼为“四盘一暖锅”，此思穷力竭之为，不甚可取。桥南有莲心寺，寺中突起喇嘛白塔，金顶缨络，高矗云霄，殿角红墙松柏掩映，钟磬时闻，此天下园亭所未有者。过桥见三层高阁，画栋飞檐，五采绚烂，叠以太湖石，围以白石栏，名曰“五云多处”，如作文中间之大结构也。过此名“蜀冈朝阳”，平坦无奇，且属附会。将及山，河面渐束，堆土植竹树，作四五曲。似已山穷水尽，而忽豁然开朗，平山之万松林已列于前矣。“平山堂”为欧阳文忠公所书。所谓淮东第五泉，真者在假山石洞中，不过一井耳，味与天泉同；其荷亭中之六孔铁井栏者，乃系假设，水不堪饮。九峰园另在南门幽静处，别饶天趣，余以为诸园之冠。康山未到，不识如何。此皆言其大概，其工巧处、精美处，不能尽述，大约宜以艳妆美人目之，不可作浣纱溪上观也。余适恭逢南巡盛典，各工告竣，敬演接驾点缀，因得畅其大观，亦人生难遇者也。

作者简介

沈复（1763—1832），字三白，号梅逸，清代著名文学家。沈复一生没有参加过科举考试，早年从事幕僚，中年时期，在苏州经商。他与妻子陈芸的感情，成为后世津津乐道的话题。《浮生六记》是他的一部自传体作品，“浮生”取自李白的“浮生如梦，为欢几何”。林语堂1936年将《浮生六记》中的四篇翻译成英文，并给予其很高的评价。

朗读指导

《浮生六记》是一部水平极高、影响颇大的自传体随笔集，在清代笔记体文学中占有相当重要的位置。该书具有纯真率性、直抒胸臆的特点，不拘格套，富有创造性。

这篇文章是该书的一部分节选，记述了作者与妻子四处游历的故事，重点描写了作者在游历扬州时的所见所闻及所感。文中将扬州的美景一览无余地呈现在读者面前，读过这篇文章，您便会有一种置身其中的感受。虽然文章是古文的形式，但逐字逐句地斟酌，不难理解其要义。扬州在沈复的笔下显得格外灵动，对瘦西湖和虹桥的描写，虽然语言质朴，但是更显真实、纯粹。字里行间透露着作者游扬州的怡然自得。

朗读这篇文章时，语速一定要放慢，与长辈一起欣赏这篇文章时，可以放松彼此的心情，随着作者一起感受扬州的美景。可以跟长辈约定，烟花三月同去扬州。

春游

李叔同

春风吹面薄於纱，
春人妆束淡於画。
游春人在画中行，
万花飞舞春人下。
梨花淡白菜花黄。
柳花委地芥花香。
莺啼陌上人归去，
花外疏钟送夕阳。

作者简介

李叔同（1881—1942），著名音乐家、美术教育家、书法家、戏剧活动家，中国话剧的创始人之一。李叔同幼时家境富裕，受到严格的教育，后到日本留学，归国后担任过教师、编辑等职。李叔同是国内第一位用五线谱作曲的人，也是中国油画的鼻祖。1918年，李叔同剃度为僧，法名演音，号弘一，晚号晚晴老人，后被人尊称为“弘一法师”。

朗读指导

《春游》是中国近代音乐运用西方作曲方法写成的第一部合唱作品，1993 年被评为 20 世纪华人音乐经典作品。

这首诗体现了作者对恬静、平凡生活的向往。作者用词细腻，对于春风、游春人的描写拿捏得十分得当，“薄、淡”二字十分传神地彰显出春的意境，整首诗读起来很舒服，诗句声情并茂、韵味十足，为读者勾勒出一幅春意盎然的画面。当然这也是一首歌词，配上优美的旋律，更是让人陶醉其中。

找到这首诗的配乐，与长辈一起欣赏。朗读时，可以试着跟着音乐的节奏吟唱，体会诗句中春天的生机盎然。

微雨中的山游

王统照

当我们正下山来；
槭槭的树声，已在静中响了，
迷蒙如飞丝的细雨，也织在淡云之下。
羊声曼长地在山头叫着，
拾松子的妇人，也疲倦的回来。
我们行着，只是慢慢地走在碎石的斜坡上面。
看啊！
疏林中春末的翠影，
为将落的日光微耀。
纷披的叶子，被雨丝洗濯着，更见清丽。
四围的大气，都似在雪中浴过。
向回望高塔的铎铃，似乎轻松的摇动，
但是声太弱了，
我们却再声不见它说的甚么。

漫空中如画成的奇丽的景色，
越显得出自然的微妙。

斜飞禅翼的燕子斜飞地从雨中掠过。
它们也知道春去了吗?

下望呀!
烟雾弥漫的都城已经都埋在暗光布满的云幕里。
羊群已归去了,
拾松子的妇人大约是已回了她的茅屋。
我们也来在山前的平坡里,
听了音乐般的雨中的流泉声,
只恋恋地不忍走去!

作者简介

王统照(1897—1957),中国现代作家,著名诗人,新文化运动先驱。王统照毕业于孙中山创办的中国大学,后留校任教。曾赴欧洲考察,到英国剑桥大学研究文学,后创作《欧洲散记》。1921 年,王统照与郑振铎、沈雁冰等发起成立文学研究会,曾先后任《文学》月刊主编,开明书店编辑,暨南大学、山东大学教授。代表作品有《春雨之夜》《山雨》《春花》《一叶》等。

朗读指导

这是一首关于雨中游山的诗。全诗描写的是作者与友人快要下山时,突然下起了小雨。作者形象地将雨中的景色呈现在读者面前,对细雨、天空、云彩、拾松子的妇人、羊群等景物描写得非常细致,体现出作者善于观察生活的特质，以及处变不惊的生活态度。雨中游山被作者用丰富的想象、生动的语言勾勒成一幅精美的画卷。

整首诗充满了欢乐的气氛，让人读后顿感：原来“雨”可以带给人如此快乐的享受！作者沉醉于眼前的这一切，每一处景象都是快乐的音符。这首诗适合在与长辈游玩后朗读，朗读后一起分享游玩的点滴，也可以在下雨的假日朗读，一起分享难得的宁静。朗读时，语调轻盈，将作者在雨中的悠闲表达出来。

途中

梁遇春

了解自然，便是非走路不可。但是我觉得有意的旅行倒不如通常的走路那样能与自然更见亲密。

旅行的人们心中只惦着他的目的地，精神是紧张的。实在不宜于裕然地接受自然的美景。并且天下的风光是活的，并不拘泥于一谷一溪，一洞一岩，旅行的人们所看的却多半是这些名闻四海的死景，人人莫名其妙地照例赞美的胜地。旅行的人们也只得依样葫芦一番，做了万古不移的传统的奴隶。这又何苦呢？并且只有自己发现出的美景对着我们才会有贴心的亲切感觉，才会感动了整个心灵，而这些好景却大抵是得之偶然的，绝不能强求。

所以有时因公外出，在火车中所瞥见的田舍风光会深印在我们的心坎里，而花了盘川，告了病假去赏玩的名胜倒只是如烟如雾地浮动在记忆的海里。

今年的春天同秋天，我都去了一趟杭州，每天不是坐在划子里听着舟子的调度，就是跑山，恭敬地聆着车夫的命令，一本薄薄的指南隐隐地含有无上的威权，等到把所谓胜景一一领略过了，重上火车，我的心好似去了重担。

当我再继续过着我通常的机械生活，天天自由地东瞧西看，再也不怕受了舟子，车夫，游侣的责备，再也没有什么应该非看不可的东西，我真快乐得几乎发狂。

西泠的景色自然是渐渐消失得无影无迹，可惜消失得太慢，起先还做了我几个噩梦的背境。当我梦到无私的车夫，带我走着崎岖难行的宝石山或者光滑不能住足的往龙井的石路，不管我怎样求免，总是要迫我去看烟霞洞的烟霞同龙井的龙角。

谢谢上帝，西湖已经不再浮现在我的梦中了。而我生平所最赏心的许多美景是从到西乡的公共汽车的玻璃窗得来的。

我坐在车里，任它一上一下，一左一右地跳荡，看着老看不完的十八世纪长篇小说，有时闭着书随便望一望外面天气，忽然觉得青翠迎人，遍地散着香花，晴天现出不可描摹的蓝色。我顿然感到春天已到大地，这时我真是神魂飞在九霄云外了。再去细看一下，好景早已过去，剩下的是闸北污秽的街道，明天再走到原地，一切虽然仍旧，总觉得有所不足，与昨天是不同的，于是乎那天的景色永留在我的心里。

甜蜜的东西看得太久了也会厌烦，真真的好景都该这样一瞬即逝，永不重来。

婚姻制度的最大毛病也就是在于日夕聚首：将一切好处都因为太熟而化成坏处了。此外在热狂的夏天，风雪载途的冬季我也常常出乎意料地获到不可名言的妙境，滋润着我的心田。会心不远，真是陆放翁所谓的“何处楼台无月明”。

自己培养有一个易感的心境，那么走路的确是了解自然的捷径。

作者简介

梁遇春（1906—1932），中国著名散文家，被誉为“中国的伊利亚”。其散文风格兼有中西方文化特色。他毕业于北京大学，大学期间写散文、做翻译，极其勤奋，短短六年的创作时间，留下了大量作品，1932 年因染急性猩红热去世。

朗读指导

梁遇春的文风洒脱率性，对待生活也如出一辙，崇尚“流浪”的生活观，他的文字和生活态度都体现了作者随性、洒脱、随遇而安的主张。《途中》主要表达了作者对于旅行的意义的阐述。

作者认为人云亦云的态度对于旅行最不合适，旅行时，也不能只惦记着目的地，忽略路途美丽的风景，由此延伸至对待婚姻的态度，这篇文章凸显作者对身心自由的追求和主张，表达了他独树一帜的人生态度。

这篇文章带着另辟蹊径的人生态度，适合与饱经沧桑的长辈们共享，可以在闲暇的午后，也可以在悠闲的旅途中，朗读时，语调平稳，节奏欢畅，与他们聊聊人生路途的种种风景。

蜀道难

李白

噫吁嚱，危乎高哉！
蜀道之难，难于上青天！
蚕丛及鱼凫，开国何茫然？
尔来四万八千岁，不与秦塞通人烟。
西当太白有鸟道，可以横绝峨嵋巅。
地崩山摧壮士死，然后天梯石栈方钩连。
上有六龙回日之高标，下有冲波逆折之回川。
黄鹤之飞尚不得过，猿猱欲度愁攀援。
青泥何盘盘，百步九折萦岩峦。
扪参历井仰胁息，以手抚膺坐长叹。
问君西游何时还？畏途巉岩不可攀。
但见悲鸟号古木，雄飞从雌绕林间。
又闻子规啼夜月，愁空山。
蜀道之难，难于上青天，使人听此凋朱颜。
连峰去天不盈尺，枯松倒挂倚绝壁。
飞湍瀑流争喧豗，砯崖转石万壑雷。
其险也若此，嗟尔远道之人，胡为乎来哉。

剑阁峥嵘而崔嵬，一夫当关，万夫莫开。
所守或匪亲，化为狼与豺。
朝避猛虎，夕避长蛇，
磨牙吮血，杀人如麻。
锦城虽云乐，不如早还家。
蜀道之难，难于上青天，侧身西望长咨嗟。

作者简介

李白（701—762），字太白，号青莲居士，又号“谪仙人”，是唐代伟大的浪漫主义诗人，被后人誉为“诗仙”。李白的诗词歌赋以乐府、歌行及绝句的成就为最高。其歌行空无依傍，其绝句飘逸潇洒。在盛唐诗人中，兼长五绝与七绝的，只有李白一个人。李白深受黄老列庄思想影响，诗风大气洒脱，其诗文大多以描写山水和直抒内心情感为主，富有强烈的主观抒情色彩。代表作有《望庐山瀑布》《行路难》《蜀道难》《将进酒》等。

朗读指导

李白的诗在中国文学史上的地位，可谓是无人可及，他的诗飘逸、洒脱，充满幻想，带着仙人一般的超脱。所以，他被后人称为“诗仙”。李白的诗句以夸张见长，“飞流直下三千尺，疑是银河落九天”，“白发三千尺，缘愁似个长”，这一句句形象的比喻让人印象深刻。

李白的诗歌狂放，得益于他爱喝酒，李白饮酒后的世界确实是正常人难以想象的。一千年才有一个李白，而李白之后，再无李白。

这首诗是李白经过巴蜀时的感叹。他用各种夸张的描写，描述蜀山“一夫当关，万夫莫开”的天堑之势，呈现出一种荒凉又惊奇的景色，令没有去过蜀山的读者震撼。

给长辈朗读的时候，要让他们感受到千年以前李白的惊喜之情，一定要饱含感情。可以边读边给他们解释，读完这首诗，可以带他们去爬山游玩。

赞延庆谦山主寿像

释绍昙

谦德有光，慈心摄物。
等冤亲不与较量，混尘俗初无间隔。
熙熙外气融冰谷之春，汪汪乎胸吞云梦之泽。
乐羲皇世，含饴弄孙。
下陈蕃榻，倒屣迎客。
眼睛头烨烨光明幢，脚跟下尘尘清泰国。
卜隣陋巷，慕孔圣人获麟作传之风规。
撼碎明珠，有郁山主骑驴过桥之标格。
诚所谓入廛垂手，我自调心。
继百世凛然，见古道之颜色。

作者简介

释绍昙（？—1297），西蜀人（今四川人），字希叟。南宋僧人、诗人。有《希叟绍昙禅师语录》一卷、《希叟绍昙禅师广录》七卷，收入《续藏经》。其诗作颇多，多为描写自然生活的，也有很多阐释佛理的偈颂。

朗读指导

《赞延庆谦山主寿像》是诗人的一篇代表性作品。其中“乐羲皇世，含饴弄孙”被广泛引用，尤其“含饴弄孙”成为很多人对老年生活的一种向往。从诗名可以看出，这是一首关于“寿像”有感而发的诗。作者从眼前的“画景”,引发出对理想生活的向往和感叹。

作为一个僧人，诗人的诗总是富有禅意，却又通俗能懂，这大概也是他的诗被后人诵读的一个原因吧。“谦德”“慈心”让我们个体变得更有魅力;“不与较量”“无间隔”让我们的生活变得更有深度……全诗处处都是为人处世的智慧，禅意浓浓，读来受益匪浅。

这首诗适合我们在任何时候欢快地诵读，尤其是在齐家欢乐的宴席上，为长辈读上这样一首诗作，可谓是增添了不少乐趣。

江城子·中秋早雨晚晴

陈著

中秋佳月最端圆。
老痴顽。见多番。
杯酒相延，今夕不应悭。
残雨如何妨乐事，声淅淅，点斑斑。

天应有意故遮阑。
拍人间。等闲看。
好处时光，须用著些难。
直待黄昏风卷霁，金滟滟，玉团团。

作者简介

陈著（1214—1297），字子微，小字谦之，号本堂，晚年号嵩溪遗耄，南宋著名文学家、词人。陈著出身于官宦世家，历任嘉兴知府、临安通判、台州知府、扬州通判等职，后任白鹭书院山长。南宋灭亡后，隐居四明山中。陈著因“独持风裁，威令肃然”“清正廉明，文义冠世”，深得民众拥戴，每每离任时，都会获得县民跪泣送行。陈著的代表作品有《历代纪统》《本堂先生文集》等。

朗读指导

《江城子》是晚唐五代时期流行的一种酒令词调。最早为单调，始见韦庄的《花间集》，到苏轼时，变为了双调，并由此发展成熟，格式定型。这首词便是双调，共七十字，上下片都是七句五平韵。

本词创作于中秋佳节，描写了一个早上下雨、晚上天晴的中秋月圆日，全词前后呼应，大气爽朗，反映了词人豁达的心境。

这首词读起来朗朗上口，适合我们在月夜开怀地诵读。正所谓“残雨如何妨乐事”，不管什么样的外部环境，都不应该阻扰我们享受好时光，享受怡然自得的生活。与长辈一起在月夜品评读诗，对他们来说也是不错的陪伴吧。

月下谈秋

张恨水

一雨零秋，炎暑尽却。夜间云开，茅檐下复得月光如铺雪。文人二三，小立廊下，相谈秋来意，亦颇足一快。其言曰：淡月西斜，凉风拂户，抛卷初兴，徘徊未寐，便觉四壁秋虫，别有意味。

一片秋芦，远临水岸。苍凉夕照中，杂疏柳两三株。温李至此，当不复能为艳句。

月华满天，清霜拂地，此时有一阵伊哑雁鸣之声，拂空而去，小阁孤灯，有为荡子妇者，泪下涔涔矣。

荒草连天，秋原马肥，大旗落日，笳鼓争鸣。时有班定远马援其人，登城远眺，有动于中否？

诵铁马西风大散关之句，于河梁酹酒，请健儿鞍上饮之，亦人生一大快意事。

天高气清，平原旷敞，向场辅开窗牖，忽见远山，能不育陶渊明悠明悠然之致耶？

凉秋八月，菱藕都肥，水边人家，每撑小艇，深入湖中采取之。夕阳西下，则鲜物满载，间杂鱼虾，想晚归茅芦，苟有解人，无不煮酒灯前也。

天高日晶，庭荫欲稀。明窗净几之间，时来西风几阵，微杂木稚香。不必再读道书，当呼“吾无隐乎尔”矣。

芦花浅水之滨，天高月小之夜，小舟一叶，轻蓑一袭，虽非天上，究异人间。

乱山秋草，高欲齐人。间辟小径，仿佛通幽，夕阳将下，秋树半红。孤影徘徊，极秋士生涯萧疏之致。

荒园人渺，木叶微脱，日落风来，寒蝉凄切，此处著一客中人不得。

浅水池塘，枯荷半黄。水草丛中，红蓼自开。间有红色晴蜓一二，翩然来去，较寒塘渡鹤图如何？

残月如钩，银河倒泻，中庭无人，有徘徊凄凉露下者乎？朝噶初上，其色浑黄，树露未干，清芬犹吐，俯首闲步，抵得春来惜花朝起也。

焚一炉香，煮一壶茗，横一张榻，陈一张琴，小院深闭，楼窗尽辟，我招明月，度此中秋。夜半凭栏，歌大苏水调歌头一曲，苍茫四顾，谁是解人？

一友忽笑曰：“愈言愈无火药味矣，今日宁可作此想？”又一友曰：“即作此想，是江南，不是西蜀也，实类于梦吃！”最后一友笑曰：“君不忆抬头见明月，低头思故乡之句乎？日唯贫病是谈，片时作一个清风明月梦也不得，何自苦乃尔？”于是相向大笑。

作者简介

张恨水（1895—1967），原名心远，中国现代著名作家。“恨水”取南唐李煜词《相见欢》“自是人生长恨水长东”之意。张恨水擅长章回小说，并将中国传统的章回体小说与西洋小说的新技法融为一体。张恨水一生创作了120多部小说和大量散文、诗词、游记等，共近4000万字，现代作家中无出其右者。他不仅是当时最多产的作家，也是作品最畅销的作家，素有“中国大仲马”“民国第一写手”之称。

朗读指导

《月下谈秋》是张恨水抗战时期蛰居重庆郊外所创作的小品文。全文用文言文的形式创作，不足千字，却为我们呈现了15幅秋后之景。语言千锤百炼、景色幽静迷人、意境超脱高洁。即使是身处“落雨就漏”的屋子，即使是身陷“狂轰滥炸”的时局，作者依旧淡然处之，保留一份“月下赏秋”的兴致。这种气魄让我们这些后辈不得不感叹、敬仰！

虽然这是一篇以“文言文”形式创作的散文，但是韵律轻快，词意简洁，读来并不困难。在作者的文字中，我们可以感受到巴蜀初秋雨后的凉爽。我们大可以用欢快的心情来读这篇散文，在静谧的秋夜，与父母一起坐在窗前，焚一支香、煮一壶茶、支一张榻、读一篇文……管他是江南还是巴蜀，都可以把这美美的秋夜迎入梦中。

短歌行

王建

人初生，日初出。上山迟，下山疾。百年三万六千朝，
夜里分将强半日。有歌有舞须早为，昨日健于今日时。
人家见生男女好，不知男女催人老。短歌行，无乐声。

作者简介

王建（768—835），河南许昌人，字仲初。唐朝诗人。王建出身寒微，一生潦倒，约46岁才开始进入仕途，官至光州刺史。在入仕之前，曾经"从军走马十三年"，写了大量的乐府诗。

朗读指导

王建的乐府诗与张籍齐名，世称"张王乐府"。除此之外，诗人还以"宫词"闻名，他的"宫词"突破了前任书写宫怨的窠臼，广泛描写了唐代宫中的风物和生活，是后代研究唐代宫廷文化的重要资料。他的诗题材广泛，生活气息浓厚，思想深刻，反映百姓疾苦。

《短歌行》是诗人的一首乐府诗。诗人借用曹操的《短歌行》

之名，传达人生苦短，应该及时行乐的人生态度。

“上山迟，下山疾。百年三万六千朝。”上山慢，下山快，活一百岁的话有三万六千个太阳。“夜里分将强半日。有歌有舞须早为，昨日健于今日时。”一个晚上就要分掉一半的日子，昨天的你要比今天的你强壮，所以有歌有舞的时候不要迟疑。语言简短，表达平实！这首诗适合与长辈共享，可用于感叹时光飞逝，也可用来劝慰长辈度过一个精彩的晚年。

平静

卡耐基

我坚信，人们获得内心平静和生活快乐的关键，不是你身处何方，也不是你拥有多少财富，更不是你身份和性格如何，主要是你心灵所达到的境界。在这里，快乐和平静与外界因素没有什么大关系。

约 300 年前，弥尔顿双眼失明，但是他却因此发现了一个真理："心灵是它自己的居所，可以把地狱变成天堂，把天堂变成地狱。"

拿破仑和海伦·凯勒的例子，足以证明弥尔顿这一真理的正确性：拿破仑拥有荣耀、权力、财富等很多东西，这些都是一般人所梦寐以求的，但是他却对圣海琳娜说："我一生没有拥有过快乐的日子。"相比之下，海伦·凯勒看不见、听不到，是一个连光明和声音都没有的残疾人，她却发出"生活是多么美好"的心声！

我现在 50 多岁，如果你问我在生活里学到了什么，那么，我想这样回答你："没有任何人和任何事能给你带来平静，能给你带来这些的人，唯有你自己！"

作者简介

戴尔·卡耐基（1888—1955），美国著名人际关系学大师，被誉为是20世纪最伟大的心灵导师。戴尔·卡耐基通过演讲讲述很多普通人成功的例子，唤起无数人的斗志。1936年，卡耐基出版《人性的弱点》，这本书被称为是西方交际指导圣经。

朗读指导

戴尔·卡耐基被誉为20世纪最伟大的心灵导师和成功学大师。他的很多作品被大众所喜爱。《平静》是一篇充满正能量的文章，作者在文中把拿破仑和海伦·凯勒做对比，拿破仑一生荣华富贵，却并未获得一丝快乐，海伦·凯勒一生坎坷，却能时刻感受到快乐。

人们真正的快乐和人的社会地位、社会背景、所拥有的财富没有直接关系，自己才是快乐的源泉。“除了你自己，没有任何人和任何事物可以给你带来平静。”这篇文章适合与自己的父母一起欣赏，回望以往的蹉跎岁月，感受长辈经历岁月后的睿智。

让陪伴很长

—给长辈朗读—